たそがれ御《み》堂《どう》筋《すじ》

バー堂島❷

吉村喜彦

ハルキ文庫

角川春樹事務所

BAR DŌJIMA

CONTENTS

梅は咲いたか、梅酒はまだかいな

BAR DŌJIMA

御堂筋《みどうすじ》を北に向かって歩き、淀屋橋《よどやばし》にかかると、空が開けた。

六車線の優美なデザインの橋を川風が渡っていく。

幅広い歩道もじつに気持ちがいい。

この橋の上から眺める川景色は、まるでパリのセーヌ川のようだ。

心地よい風におもわず空を見上げると、ちぎれ雲が難波《なんば》のほうから梅田《うめだ》に向かってゆっくりと流れていった。

右手に大阪市役所、左手には日本銀行のクラシックな建築が見える。緑青《ろくしょう》のふいた日銀の丸屋根はタマネギの頭のようで、なんだか可愛《かわい》い。

空気は凛《りん》としているけれど、川の水面《みなも》には光がおどっていて、昨日の冷たい雨が嘘《うそ》のようだ。

日射《ひざ》しがあふれ、そぞろ歩く人たちの足どりも軽く見える。

中之島《なかのしま》を越え、大江橋《おおえばし》を渡ると、ふっと甘くせつない香りが立ったような気がして、楠木正樹《くすのきまさき》はおもわず堂島川《どうじまがわ》の上流に目をやった。

傾きはじめた光に、リバーサイドを走る高速道路やアーチ型の水晶橋《すいしょうばし》が透明なロゼワインの色に染まり、高い空をツバメが三羽滑るように飛んでいく。

今年はツバメがやって来るのが早いようだ。

楠木はちょっと朗らかな気分になり、橋を渡り終えると大江橋北詰の交差点を左折して、川に沿って走る堂島浜《どうじまはま》通りをゆったりとした足どりでバー堂島《どうじま》へと向かった。

カウンターを柔らかい布で丁寧に拭《ふ》き、バックバーに並んだボトルについた微《かす》かな塵《ちり》をぬぐい、入り口の扉につけた真鍮《しんちゅう》のエンブレムを磨く。

最後に、同じ真鍮でできたお客さん用のフットレストをぴかぴかにする。

修業時代に師匠や先輩から、バーテンダーの仕事はとにかく掃除をすることだ、と言われた。清潔が第一なんだと。

たしかに、この仕事を続ければ続けるほど、先輩たちの言葉が身に染《し》みてわかる。

――ぼくは『おそうじオジチャン』や。

大阪のブルースバンド・憂歌団《ゆうかだん》の歌にひっかけて思った。

掃除もそうだが、仕事は端っこが大切だ。重箱の隅は、じつはとても大切なんじゃないか。ディテールに神が宿ると言われるのもそこなんだ、きっと。

そんなことを考えながら、電気掃除機で床の片隅に潜んでいる埃《ほこり》たちを吸っていると、コンコンとノックの音がした。

はあい、とこたえる間もなく、重い扉がきしんだ音をたてながら開く。

「こんにちはぁ」

春のひかりのような明るい声が響き、花屋の武者小路秀麿《むしゃのこうじひでまろ》が、芽吹いた梅の盆栽《ぼんさい》を腕に抱えて、バー堂島に入ってきた。

ほっそりと華奢《きゃしゃ》なからだつきにマッシュボブのヘアスタイルが、女の子のように可愛い。友人知人はみんな、秀麿のことを「マロちゃん」とよぶし、自分自身でもそう言う。

「ええ香りやねえ」

楠木は穏やかに微笑《ほほえ》んだ。

――そうか……さっき大江橋で香っていたのは梅やったんや……。

でも、堂島川の川べりに梅の樹《き》はあっただろうか？　心のなかで首をかしげた。

「このあいだ、天満《てんま》の天神さんの梅まつりに行ってきたんよ」

マロちゃんがうれしそうに言う。ピンク色の薄手のニットにクリーム色のレギンス、シルバーのショートブーツが決まっている。

「境内《けいだい》に紅梅や白梅がいっぱいあって、めっちゃええ香りがしてたわぁ。胸がすーっとするっていうか、身も心もきれいになる感じ」

「ほう。そら、ええやんか」

「で、今日は梅にしようって決めてん」

「盆栽いうのが、またええわ」

「でしょ？」マロちゃんはちょっと鼻を高くした。

「天神さんの参集殿《さんしゅうでん》というところに、盆梅《ぼんばい》がい〜っぱい並べられててね。それが、また、きれいやってん」

「……盆栽の梅って、ボンバイって言うんや。なんかインドの街みたいな名前やな」

「それはボンベイ。いまはムンバイ」

「ムンバイいうのも、梅の名前みたい」

カウンターのなかで氷を割りながら、楠木が応じた。

「そういえば、野梅《やばい》系って梅の品種があるみたいよ。野梅性《やばいしょう》とか難波性《なにわしょう》とかってあるんやて」

「それ、やばいっしょ」

「中国から渡ってきた梅の原種に近いんやて。なんかマスターとかお好み焼き屋のキムさんみたいな種類やね」

そう言って、マロちゃんは腰を折るようにして笑った。

「きっと、どっちも香り、ええんとちゃう？」

楠木がニカッと笑う。

「そうそう。そのとおり」

目尻《めじり》の涙を白魚のような指でぬぐいながら、マロちゃんが続けた。

「なんか今日は四月みたいやね。梅よりも桜にぴったりの陽気やわぁ」

「そやけど、梅を見る会のほうがずっと清潔そうや」

「それ、桜に悪いよ。桜にはなーんも罪はないんやから」

「そらそうや」

と楠木はうなずき、あ、そうや、と膝《ひざ》をうった。「マロちゃん、一日走りまわって、のど渇《かわ》いたんちゃう？」

言いながら、冷蔵庫から可愛らしいボトルとグラスを取りだした。

「なに、それ？　お酒？　ソフトドリンク？」

カウンターから身を乗り出すようにして、マロちゃんが訊《き》いた。

「まだ、お花を持っていかなあかん店があるやろから、今日はアルコール抜きにしとこうね」

楠木は梅の花がデザインされたボトルをカウンターの上に、トンと置いた。冷蔵庫でひやした8オンスタンブラーに氷を二個コロンと入れ、ボトルを開栓《かいせん》し、液体を注《そそ》ぎ入れる。

と、グラスの底から細かい気泡《きほう》が勢いよく湧《わ》き上がり、渇いたのどを刺激する心地よい音が、仄暗《ほのぐら》い空間にひびいた。

グラスの壁面や氷から絶え間なく小さな泡が立ち上がり、プチプチはじけては楽しげに踊っている。

「わあ。炭酸の音、聴いてるだけで涼しなるぅ」

マロちゃんはカウンターに肘《ひじ》をついて両手に顔をのせ、淡い蜂蜜《はちみつ》色をして透きとおった炭酸飲料を見つめた。その瞳《ひとみ》は少女のようにキラキラしている。

「これ、梅の果汁をつかったサイダーやねん」

楠木がタンブラーをすっと滑らせた。

さっそく、マロちゃんがグラスを上げる。

まだ音楽をかけていない静謐《せいひつ》なバーに、マロちゃんが細いのどを鳴らす音がかすかにひびく。そっとまぶたを閉じて飲むその繊細な横顔は、はっとするほど美しい。

色っぽい吐息《といき》をついて、マロちゃんがグラスを置いた。

「心にしみる爽《さわ》やかさやわ。やんわり甘いんやけど、せつない酸《す》っぱさもある。でも、どっか背すじが伸びてる感じ」

「そうそう、炭酸強いから、すっきりするよね。関西大学の女子大生がつくったサイダーなんやて。ぼくも最近、知ってん」

「女子大生が……？」

「うん。そうらしい」

「やっぱり」

「やっぱりって……なんで？」

「女の子が生きてくのって、けっこうたいへんやもん。学生のときはまだいろんな防波堤があるけど、世の中に出たら、もろに波かぶるやんか。表面上は平等みたいな顔してるけど、まだまだ女性差別っていっぱいあるし。自由にいろんなことができる学生時代は、ほんま貴重やと思うよ。社会人になる前の最後の春休みって、何かせつないやんか。そういうせつなさが、この梅サイダーの味に出てるよ」

「これ、ウメテンマっていうねん」

楠木がサイダーのボトルを持ちあげた。

「マロちゃんが梅まつりでお参りした天満天神の地下水も、このサイダーの中に入ってるらしいよ。天神さんの水って、江戸時代には名水と言われてたそうや。でも、その後、涸《か》れてしもてたんやけど、数年前に井戸を掘ったら、なんと再び水が湧き出したんやて」

「すごい話やね。ゆうたら、神さまの水やん」

「そやねん。再生の水や。でも、よう考えたら、大阪は街全体が川の中州《なかす》にあるようなもんやから、街の下を水が流れてんねん。しかも天神さんのとこは大川も近いし。むかしはあの周りに酒蔵《さかぐら》もぎょうさんあったんやて」

「このサイダー飲んでると、なんか天神さんで梅を観《み》たときみたいなスーッとした気分になるわ。夏の天神祭のときなんか、ぴったりやろね。おかげで、ちょっと疲れがとれたみたい。マスター、ありがと。よみがえりの水、おいしかったぁ」

マロちゃんはスツールの位置をしっかり直して、「ほな、出動！」と自らに言い聞かせるようにして、バー堂島を出て行った。

＊　＊　＊

バー堂島は、大阪・北新地《きたしんち》のはずれにある、堂島川に面したカウンター五席の小さな店。木製扉を開けると真正面にカウンター席があり、大きな窓の向こうにはゆったりとした川の流れが見える。

マスターの楠木正樹は、お客さんに川景色を見ながらお酒を飲んでもらいたくて、このデザインにした。楠木自身、ひまなときは、ぼんやりと川面《かわも》を眺めていることが多い。季節や時間によって、川の眺めがまるで違うのがおもしろいのだ。カルガモの家族が仲良さそうに並んで泳いでいるときもあるし、カモメが群れ飛んでいるときもある。アオサギが微動《びどう》だもせず、じっと川面を眺めている姿は孤独な哲学者の趣きがあり、つい見とれてしまう。ときおりコイがはねるのも見かけるし、最近知ったのだが、この川には鮎《あゆ》もいるらしい。

楠木は、対岸の石造りの建築が傾いた光に朱色に染まっているのを見ていた。すると、バー堂島の扉がギギッと開いて、女性がひとり、うつむき加減に入ってきた。

「……いいですかぁ？」

振り向いた楠木が笑顔を向ける。

「お、彩香《あやか》ちゃん。今日は、また、えらい早いやん。でも、大丈夫、大丈夫。ちょうど開けようと思てたとこやねん」

女性の名前は、北野《きたの》彩香。歳《とし》の頃《ころ》は三十前後。ほっそりとして聡明《そうめい》そうな顔つき、ミディアム・スタイルのヘアーは少し栗《くり》色がかっていて、濃紺のレディース・スーツが板についている。いかにも仕事ができそうだ。

彩香は、よかったぁとつぶやいて、どこに座ろうかと一瞬、目を泳がせた。

「どうしたん、こんな時刻やのに。もう会社おわったん?」

楠木は壁にかかった古い柱時計に目をやりながら訊いた。あまり正確ではないが、長針と短針は午後四時半をさしている。

「ま……そうやねん」

短くこたえて、彩香はカウンターの左端のスツールに腰を下ろした。

いつもは軽いジョークを飛ばしながら元気よく店に入ってくる。

いったいどうしたんだろう?

肩を落として、放心したように堂島川の水の流れを見やっている。ふだんはもっとキラキラしたオーラを発しているのに、いま目の前に座る彼女からは、まるでそれが感じられなかった。

北野彩香はバー堂島のすぐ近くに本社のある洋酒やビール、食品などを製造販売するメーカー、スターライトの社員である。

入社以来マーケティング部に属し、新製品のコンセプトを考え、販売キャンペーンを計画してきた。ときには彼女が主導して、宣伝クリエイティブにまで口を出すこともあった。

常連のスターライト営業マンは、彩香は仕事のできるマーケッターとして社内でも有名だと言っていた。社内報でもよく取りあげられるので、ほとんどの社員は彼女の顔と名前を覚えているそうだ。

しかも、ただ知られているだけではなくて、好感ももたれている。男女を問わず、ファンが多いのだという。

彩香は一見怜悧《れいり》な印象を与えるが、じつは熱い性格で、自分の感情がストレートに表情に出る。その激しいギャップが、どうも人気の秘密らしい。

そのことは、マスターの楠木もカウンターの向こうから見ていて、よくわかった。

さっきまで上司の悪口を言って頰《ほお》をふくらませていたかと思うと、次に振り向いたときには、可愛い八重歯を見せて屈託のない笑顔になっている。移ろいやすい春の天気のように、彩香の表情はくるくる変わるのだ。

才能もあり、しかもキュートな彼女はもちろん男性社員を虜《とりこ》にしているし、謙虚で飾らない性格なので先輩の女性社員からも可愛がられ、後輩からとても慕われている。

そんな彩香は入社七年目。

いま、仕事に脂が乗っているのは、彼女自身、一番よくわかっていた。

「今日は、えらい暖かかったね」

楠木がカウンター越しに言った。

「晴れて乾燥してたから、のどが渇くわ」

彩香は右手でぱたぱたと顔を扇《あお》いだ。

「昨日はみぞれも降ったのにね。で、最初の一杯、これ使ったカクテル、どう?」

楠木はさきほどの梅サイダーを冷蔵庫から取り出し、彩香の前に置いた。

新製品のネタをいつも考えている彩香には、来るたびに何かしら新しいものを薦《すす》めることにしているのだ。

しかし、彩香の今日の反応は鈍《にぶ》い。

ぼんやり焦点のあわない目を梅サイダーに向けてくる。

「のどが渇いてるときに、ええと思うよ」

言うが早いか楠木は10オンスタンブラーに氷を入れ、冷凍庫でキンキンに冷えたアブソルート・ウオツカを取り出して注いだ。そうして梅サイダーでグラスを満たすと、レモンをキュッと絞り、軽くステア。

強炭酸でプチプチ泡立つグラスを、彩香の目の前にしずかに置いた。

彩香はびっしりと霜のついたグラスを取りあげると、口もとに持っていく。さきほどのうつろな顔つきから打ってかわって、プロフェッショナルなテイスターの顔になっている。

まずはクーッと飲む。

グラスを置き、目をつむって味わいと香りの記憶をたしかめる。

そしてもう一度、グラスを手に取ると、半分まで飲み干した。

「うん。これ、イケルよ」

はじめて白い歯を見せた。

「そら、よかった」

楠木はちょっとはにかみながらこたえる。

「ほどよく酸味があって、炭酸で割ってもウオツカのキック力がきいてるし、上品な甘さもあるわ。東洋的な味わい。和食に絶対あうと思う。洋食にもええんやないかな」

「彩香ちゃんにそう言ってもらえると、うれしいなあ」

「すみません。このカクテルに注いだ梅サイダーのボトル、見せてもらえませんか？」

ほとんど仕事モードに変わった。声に張りがある。

楠木は梅の実のようにぷっくりとしたボトルを彩香に手渡した。

「へえ。けっこう重いんやね。あ、そうか、ペットボトルやなくて、ガラス瓶やからか……」

左手でボトルを持ってぶつぶつひとり言をいいながら、右手をグラスに伸ばして、また、ひとくち飲んだ。

「ところで、このカクテルの名前、何て言うのん？」

彩香が訊いた。

「まだ決めてへんのやけど、コチでどうやろかなって」

「コチ？　なんで魚の名前なん？」

「魚やないよ」楠木は顔の前で手を振った。「東の風と書いて、コチ。ほら、東風吹かば匂《にほ》ひおこせよ梅の花……って和歌にあったやん」

「菅原道真《すがわらのみちざね》」

「そうそう、天神さんや」

「でも、コチって……どうやろ？　たとえば、イースト・ウインドとか東風《とんふう》とかってどうなん？」

頭の中が、オフィスでの会議モードになっている。脳の回転をより滑らかにしようと、もうひとくちカクテルを飲んで、「あっ」と言って彩香はむせた。

「道真さんって、平安時代に都から九州の大宰府《だざいふ》に左遷《させん》された人やん、ねえ？」

「そうや。あんまり賢すぎて、周りから嫉妬《しっと》されたって話もある」

「なんなんやろ。今日にかぎって、そういう左遷の神さまのカクテル飲むやなんて……」

彩香はおもわず目をしばたたいた。

＊　＊　＊

「じつは、今日、人事異動の内示があってん……」

彩香が肩を落として、ぼそっと言う。

販売成績のよくない中国四国地方のテコ入れのために、優秀な人材を管理やマーケティング部門から営業の最前線に出すという方針が決まり、今日の午後、いつもの年より早めに内示が出たそうだ。

「わたし、四月から、高知営業所、やねん」

「え？」一瞬、楠木も目を見開いた。

「営業、希望してたん？」

ううん、と彩香は力なく首を振る。

「高知にはぜんぜん知り合いもおれへんし、土地勘《とちかん》もあれへん。なんで、わたし、高知に行かなあかんのやろ？」

「……」

楠木は会社勤めをしたことはなかったが、サラリーマンのお客さんの話を聞いていて、その置かれた状況はだいたいわかっている。

会社は社員の個人事情なんか、あまり斟酌《しんしゃく》しない。組織の一員である限り、ピラミッドの人間関係のなかで生きねばならない。言ってみれば、将棋の駒《こま》の一つにすぎないのだ。その駒をどう動かすか。それは経営サイドの考えること。ただ、面倒くさいのは、その駒を動かすのは人間だから、どうしても人の好き嫌いがでてしまうということだろう。

彩香が続けた。

「わたし、この一月には新製品の企画がヒットして、社長表彰も受けてんよ」

マーケッターとして社長からも認められているのに、なんでわたしが営業に、と言いたいのだろう。

「でも、サラリーマンになった限りは、『あそこへ行け』って言われたら、どこへでも行かなあかんのやろ？」

「うん……そうなんやけど……でも、わたしのこと、ちゃんと評価してくれてるんやったら、もっとマーケに置いてくれるはずやん」

頬をプッとふくらませた。ぱっちりした涼しげな目をいからせている。

それが、なんとも言えず可愛い。

そら、会社で人気者になるわなあ、と楠木は頭の片隅で思う。

「人事部のひとは、けっこう深慮遠謀《しんりょえんぼう》をもって、彩香ちゃんの会社員人生を見てくれてはるんかもしれへんよ」

「……」

「モノを売る現場を経験したほうが、もっと面白いアイディアが浮かんでくるんとちゃうかとか、いろいろ考えてくれてはるんやで、きっと」

「上司にも人事のひとにもそう言われたわ。わたしも頭ん中では、なるほどそうかも、って思うけど……でも、またマーケに帰ってこられる保証なんかないし……」

——ほんのちょっと前に、言われたんやもんなあ。

そんなすぐには納得できないだろう。

楠木は黙って彩香の話に相づちを打った。

彩香はもう我慢できないとばかりに、頬を紅潮させ、堰《せき》を切ったようにしゃべりだした。

「突然の異動なんやもん。二月の人事面接のときかて、わたし、ロンドン支店に行きたいとは言ったけど、営業に出たいなんて、ひとことも言わへんかったんよ。そやのに、なんでなんでって気分やわ。ぜんぜん打診もなかったし……。あんまりむしゃくしゃするから、ホワイトボードに『直帰《ちょっき》』って書いて、終業時刻より前に会社出てきてん」

楠木の脳裏に、椅子を蹴《け》ってデスクから離れる彩香の姿がまざまざと浮かんだ。

「そうかぁ。青天の霹靂《へきれき》やったんやなあ」

できるだけやさしくうなずいた。

「そやねん。稲妻《いなずま》がからだを貫いたって歌、あったやん。あんな感じやわ」

「たしか、これやったかな」

楠木は一拍おこうと、背を屈《かが》めてカウンターから出る。

そうして壁一面にしつらえられたCD棚から目当てのアルバムを探し、エルトン・ジョンの「悲しみのバラード」をかけた。

ストリングスが忍びやかに入り、エルトンの弾くピアノのイントロからヴォーカル、そしてヴィブラフォンの響きがメロディーの哀愁を深め、バーの空間を満たしていった。

「……かなしい、かなしい状況……ほんま、歌詞の通りやわ」

彩香はうっすらと涙を浮かべ、くぐもった声で言った。

「ま、あんまりネガティブに考えんと……」そこまで言って楠木は言葉に詰《つま》ったが、

「そうそう。捨てる神あれば、拾《ひろ》う神ありって言うやんか」

押しつけがましくなく励まそうとした。

彩香は最後まで聞かずに、楠木を刺すような目つきでにらんだ。

「やっぱり……わたし、捨てられたんやっ」

口をへの字にして、唇をかみしめた。

「いや、その、捨てられたいうのは言葉の綾《あや》というか、なんていうか……」

困った、どうしよう、選曲も言葉づかいも間違ってしまった。

——こころの傷にかえって塩を塗り込んでしもた……。

冷や汗が額と脇《わき》の下ににじんでくる。

しばし頭を混乱させていると、重い扉が勢いよくバーンと開いて、角刈《かくが》り頭の筋肉質の中年オヤジが入ってきた。

米軍放出のG1フライトジャケットにリーバイスのヴィンテージ・ジーンズ、レッド・ウィングのワークブーツが決まっている。

「邪魔すんでぇ」野太い声が言う。

「おう、金田《かねだ》か」

楠木は救われたように顔を上げた。

金田哲男《てつお》。またの名をキム・ヨンチョル。楠木の小学校時代からの親友だ。天満駅近く、日本一長い商店街といわれる天神橋筋《てんじんばしすじ》商店街で人気のお好み焼き屋をいとなんでいる。

「どないしたんや、マサシゲ。めっちゃシケた顔してるやん」

金田は楠木のことを正しい名前では言わない。楠木があの楠木正成《まさしげ》の血筋と称しているのをからかって、マサシゲと呼ぶのである。

彩香が反射的に振り向いた。

「や、や、彩香ちゃん」

久しぶりやんか、どないしてたん、と猫撫《ねこな》で声で言いながら金田はフライトジャケットを脱いでコートハンガーにかけ、カウンターの真ん中のスツールにどーんと座った。煙草《タバコ》を吸っていいかと彩香にたずねて了解を得ると、一〇〇円ライターでハイライトに火を点《つ》けた。

迷彩色の半袖《はんそで》Tシャツから伸びる腕は太く、年齢のわりに胸板も厚い。

「久しぶりやねえ。なかなか時間が合えへんから、お目にかかられへんもんね。今日はタイミング合《お》うてよかったわぁ、別嬪《べっぴん》さんにお目にかかれて」

紫煙《しえん》を吐きながら金田が言うと、彩香はぎごちない微笑をかえした。

商売柄、金田はいたって女性に優しいし、相手の反応には敏感だ。彩香の訳《わけ》ありな様子を見て、頭の中にクエスチョン・マークがたくさん浮かんだようだった。

「……何か、あったんか?」

おだやかに包みこむような声で訊いた。

ついて言った。

金田はホワイトラベルのハイボールを飲《や》りながら、彩香の話をじっくりと聞き、ひと息ついて言った。

「なるほど。そら、めっちゃ頭にくるし、ガックリもするやろ」

ひとしきりしゃべった彩香は、すこし心が軽くなった様子である。

「そういえば、彩香ちゃんのつくったお酒、飲んだことないなあ。もし、この店にあるんやったら、せっかくやから今夜はそれ飲ましてよ」

金田がマスターの楠木に言うと、彩香はにわかに顔をほころばせた。

「彩香ちゃん、いっぱいお酒つくってるもんね。でも、その中で何がいちばんお薦《すす》めかなあ？」

楠木が訊いた。

彩香はちょっと宙を見つめて考えていたが、ややあって、カウンターの盆梅を見つめながら口を開いた。

「やっぱ、イチオシはウイスキー梅酒かな」

「ウイスキー梅酒？　へーっ。そんなんあるん？」

金田が目を丸くする。

「梅酒のベースをウイスキーにしたものなんよ。うちの会社ってもともと洋酒で有名になった会社やんか。ふつう梅酒は、梅をホワイトリカーって甲類焼酎《しょうちゅう》に漬け込んでつくるんやけど、それやったら、あまりにフツーでおもしろないやん？」

待ってましたと、立て板に水のようにしゃべりはじめた。

「『おもしろない』か。そらそうや、人生、何事もおもろないと、あかん。高杉晋作《たかすぎしんさく》の辞世の歌は、『おもしろき　こともなき世を　おもしろく』や」

金田が破顔一笑《はがんいっしょう》して、うれしそうに相づちを打つ。

「ほな、ウイスキー梅酒、いってみますか」

楠木はさっそくバックバーからスターライトの熟成樽《たる》仕込み梅酒を取りだす。脚つきの小ぶりのリキュールグラスを二つ、金田と彩香の前に置くと、トクトクと注いだ。

天井からのピンライトが当たって、液体は赤みがかった琥珀《こはく》色にきらめいている。グラスに満たされていくにつれて、梅林に入ったときのような芳香が立ちのぼってきた。

楠木は、山形銘菓「乃《の》し梅《うめ》」を小さな皿に載せ、そっとウイスキー梅酒に添える。

金田はグラスを口もとに持っていき、まず香りをきいた。

「わっ。この爽やかな香り」

ひとくち、舐《な》めるように飲む。

彩香は黙って耳を澄ませ、金田の次の言葉を待った。

「これは……」ちょっと絶句し、「ほとんど高級ウイスキーの味や」

彩香はホッとしながらも、にんまりする。

「この甘くて華やかな香り、梅酒のレベルを大きく超えてる。ほとんどバランタインの17年とかのレベルやん。ほどよい苦みもおとなの味わいや。このお酒、おれ、なんでいままで知らんかったんやろ？」

金田はちょっと悔しそうな顔になった。

「えへへ。わたしの自信作。下手なウイスキーより、ぜったい美味《おい》しいはずよ。ニューヨークやロンドン、パリのバーでもめっちゃ好評なんよ」鼻高々だ。

乃し梅をぱくりと口に入れ、ふたたびウイスキー梅酒を飲んだ金田は、「合う、合う」と満足そうな笑みを浮かべた。

「これって、いったいどうやってつくるん？」

「よくぞ聞いてくれました。まずはウイスキーで梅酒をつくろうっていうのが原点やねん。ウイスキーは樽で熟成させるでしょ？　そやから、まずは梅酒をホワイトオークの樽で寝かせたら、どうなるかなって試してみてん。そしたら、すごーく美味しくなった。で、その梅酒を払い出した後の樽に、こんどはウイスキーを入れて熟成させてみたんよ」

「ほう。それはおもろい」目のいろが変わった。

「この梅の香りのウイスキーがまた秀逸《しゅういつ》やってん。ウイスキー好きのわたしとしたら、『この二つをブレンドしてみたらどうやろ？　美味しいお酒ができるかも』って思ったわけ」

「しかし、よう、考えついたなあ」

金田が腕組みして感心する。

「好きこそモノの上手なれ、やな」

楠木が口をはさんできた。

「マスターが新しいカクテルを考えるのと似てるかも。おかげさまで、このウイスキー梅酒、『食のオリンピック』っていわれる審査会で三年連続金賞をもらえたんです」

彩香の目はいつもの輝きを取り戻し、その声にも力が漲《みなぎ》ってきた。

「これ飲んだら、なんかお腹《なか》、減ってきよったわ。これにあうアテ、あれへんかな？」

「よかったぁ。食前酒《アペリティフ》として気に入ってもらえて」

「マサシゲ、何かないかぁ？」

「じつは、和食にはもちろん、洋食にも合うねんよ」と彩香。

「アントニオの店にも、これ置いてあるから、このお酒のこと、よう知ってるわ。よっしゃ、あいつに何か作ってもらお」

楠木はそう言うと、すぐさま携帯電話を手に取った。

＊　＊　＊

「ボナセーラ！」

カンツォーネの歌手のような朗々とした声が聞こえたかと思うと、トラットリア「アントニオ」の副料理長《スー・シェフ》の三宅《みやけ》クンが背すじを伸ばし、靴音高く入ってきた。

「お待ちどおさんですぅ」

三宅クンがにこやかに挨拶《あいさつ》する。ウの音が長く引いて、ほわんと消えていく。

横浜生まれだが、完璧《かんぺき》な大阪イントネーションだ。大阪弁が堪能《たんのう》なイタリア人シェフのアントニオから、いちいち発音をチェックされているらしい。

三宅クンは捧《ささ》げ持ってきたアルミの出前箱を開けた。

「こちら、サワラのソテーのトマトソースがけ。もう一枚は、菜の花とジャコのパスタです。どちらも彩香ちゃんの梅酒を贅沢《ぜいたく》に使ってます。よろしければ、こちらをピャピャッとおかけになってください。きっとサワラのソテーに合いますよ」

三宅クンが唐辛子オイル《オーリオ・ピカンテ》の可愛いボトルを皿の傍《かたわ》らに置いた。

「サワラかぁ」

金田がうれしそうに言うと、三宅クンが相づちを打った。

「魚偏に春でサワラでしょ。春告魚《はるつげうお》ですから、この季節に合うと思います」

「梅は春告草って言うしなあ」

金田が納得したようにうなずいた。

「では、あったかいうちに食べてください。プレーゴ、プレーゴ」

三宅クンは親指を立ててにっこりし、

「ほな！」

手を振って、風のように店にもどっていった。

「じゃ、いただきまーす」

すっかり明るさを取り戻した彩香は、二つの皿から、マスターと金田、そして自分の分を取り分けて、さっそくサワラのソテーにナイフとフォークを入れた。

サワラの淡泊な味わいに梅酒がうまく浸透して、和風テイストを醸《かも》しだしながらも、上品なイタリアンに仕上げられている。

楠木は冷えたグラスを取り出すと、ライムを絞り、ミントの葉っぱをたくさん入れてペストル（乳棒）でつぶした。

氷をころん。ウイスキー梅酒を注ぎ、炭酸水でシュワーッと満たし、大葉を飾る。

そうして、彩香と金田の前にグラスを滑らせた。

「梅酒モヒートをどうぞ。春告草と春告魚のマリアージュ、どうやろ？」

彩香がグラスに手を伸ばして、ひとくち飲んで、

「うん。めっちゃ、合ってるー」

浮き立つような声で言う。

「これは、なかなか……」

楠木のカクテルをあまり褒《ほ》めたことのない金田が、めずらしく上機嫌な顔になった。

彩香は菜の花とジャコのパスタを食べ、梅酒モヒートを飲む。

「やん。お口ん中、春でいっぱいやわぁ」

色っぽい声をだすと、金田が照れて頭を掻《か》いた。

「いや、その……お口ん中って……その……おれは頭ん中、いっつも春やわなぁ」

「ゆうたら梅酒モヒートは春告酒や。サワラもジャコも喜んでくれたら、うれしいな」

楠木がにっこり微笑んだ。

＊　＊　＊

「ところで、彩香ちゃんの後任って、だれか決まってんの？」

金田が梅酒モヒートのお代わりをひとくち飲んで、たずねた。

「……同期の藤原《ふじわら》まどかって人」

そっけなくこたえる。微妙に顔が引き攣《つ》っている。

「藤原さんて……あの営業の？」

「うん」

「知ってる、知ってる。前、北新地を担当してはったよねえ。うちみたいな小《ち》っこい店もえらい良うしてもろてん。おたくの会社の営業では有名な人やんか」

楠木が相づちを求めたのに、彩香はふーんと曖昧《あいまい》にうなずき、ふっと目をそらした。

――何かあるな……。

楠木はちょっと気になった。

だが、金田は畳みかけるように訊いた。

「というと、彩香ちゃんが製品企画から営業に行くのと真逆に、営業の藤原さんはマーケティングに異動になるってこと？」

「そういうこと」

彩香は木で鼻をくくったようにこたえた。

「なるほど。きみら、同期のライバルってわけか」金田がズバッと言う。

「………」

彩香は口角を下げ、眉間《みけん》にかすかに皺《しわ》をよせた。

「それやったら、ようわかるよ」

金田の言葉に、彩香がムッとした。

「なにがわかるって言うのん？」

「きみがそれだけ落ち込んでるというか、むかついている理由や」

「べつに、わたし、彼女のこと、ライバルやなんて思てへんし」

「人間、だれしも核心つかれたら、『なんでわかるん？』って一瞬ギョッとして、否定しようとするもんや」

「わたしのこと、なんも知らんくせに」

小鼻をふくらませて言葉を返した。

――三十くらい歳の離れた人生の大先輩に、よう、そんな口きけるなあ……。

しかし、金田はさして意に介するふうもない。

「きみのことをそれほど知らんからこそ、情にほだされず、冷静に見られるねん」

そう言ってグラスを上げて、梅酒モヒートを飲む。「それだけ、面と向かっておれに食ってかかれる彩香ちゃんは見どころがある。その勝ち気が、営業でもきっと役に立つねん」

彩香はふんと鼻を鳴らして、左の壁のほうを向いた。

栗色がかったやわらかい髪の毛がふわりと揺れ、そうして、細い肩がかすかに震えはじめた。

驚いた楠木は金田に向かって、口《くち》パクで「あかんがな」と言った。

金田は首を左右に振って、声に出さず「ええねん」とかえし、指でオーケーマークを示す。

楠木は心配そうに、でも、あえて何も言わずに彩香の姿をそっと見つめていた。

＊　＊　＊

ひとしきり声をおさえて泣いた後、彩香は顔を上げてハンカチで頰をぬぐい、長いため息をついた。

「ごめんなさい。感情が乱れてしまって……」

そう言って、グラスに残っていた梅酒モヒートを一気に飲み干した。

ううん、と一つ離れた右隣のスツールに座る金田が首を振った。

「大丈夫、大丈夫。マサシゲとかおれみたいなオッサンは、どんどん神経が鈍なってる。何があってもぜんぜん平気や」

「……」

彩香はこくりと小さくうなずいた。

「な、そやから、彩香ちゃんの心の底に溜《た》まってるどろどろしたもん、ここでパーッと吐き出したら、ええねん」

金田は首を傾け、彩香の目の奥をのぞき込むようにして、やさしく言った。

「おなかの中に心配事とか嫌なこととか溜《た》め込んでたら、あかん。酒を飲み過ぎて気持ち悪なるんといっしょや。心の二日酔いみたいなもんや。言葉に出したら、きっと胸がスーッとするよ」

金田の言葉に、彩香の目にふたたび涙が盛りあがる。

——そうや。この曲があった……。

楠木は背を屈《かが》めてカウンターの下をくぐると、CDを一枚探しだしてセットした。

店の隅に吊《つ》り下げられたスピーカーからは、ピアノとストリングスをバックに、深く包みこむような男のヴォーカルが流れてきた。ミドルテンポのソウルナンバーだ。滋味《じみ》深く熟成した梅酒のように、心にしっとりと染みこんでくる。

さっきまで彩香がまとっていた尖《とが》った気配は、もう微塵《みじん》もない。幼子《おさなご》のような瞳になって、黒人ブルース・シンガーの声に聞き惚《ほ》れている。

(これ、なんて曲?)

彩香の目が問いかけている。

楠木はこんどはシンプルな梅酒ハイボールをそっと彩香の前に置いた。

「ボビー・ブランドって黒人のオッサンの歌やねん。『メンバーズ・オンリー』って曲」

「メンバーだけって意味?」

真《ま》っ直《す》ぐ楠木を見つめて訊いてきた。

「うん。クサクサしたときとか、凹《へこ》んだときとか、妙に聴きたなる曲やねん」

「会員制……?」

「メンバーだけって、なんか排他的な印象やけど、ぜんぜん逆やねん。だれでもウエルカムやから、このパーティーにおいでって歌。おカネもカードもいらん。男も女も、老いも若きも、黒人も白人も関係ない。傷ついた心さえあれば、みんな会員や。そやから、このパーティーにおいでって曲やねん」

「マスター……」

また気持ちが込みあげてきたのか、彩香はぐっと歯を食いしばり、肩で大きく息をした。

しばらくして、彩香はうつむき加減にぽつりぽつりと話しはじめた。

藤原まどかは同期入社だが、歳は一つ下。小柄で、見た目はあどけなく、年齢よりずっと幼く見える。きつい性格に見られがちな彩香とは、第一印象から正反対だという。

頼りなさそうなロリータ感を漂わせているのも、じつは、まどか自身じゅうぶん心得ている。

「わたし、よくわからないんですぅ」

ぱっちりした目で、得意先のおじさんたちに素直に教えを乞《こ》うと、彼らは「しゃあないな」という顔をしながらも、嬉々《きき》として相談にのってくれたり、無理な販売のお願いも聞いてくれるそうだ。

同期会でたまたま隣の席に座ったとき、少々酔いのまわったまどかが、そんなこんなを笑いながら彩香に耳打ちしてくれたことがあった。

わたしには絶対でけへん、と彩香はまどかを、むしろリスペクトした。

美しい花や甘い香りで虫を誘って、その虫を食べてしまう食虫植物みたいな身体感覚を無意識のうちに持っている。それを上手《うま》く商売に結びつけているのだ。

ある意味、人たらしの天才なんや、と彩香は思う。

まどかの営業成績は、並み居る先輩を追い越して入社二年目からつねにトップクラスだ。

スターライトが大切にしている専売店から、「マカデミアナッツがなくなってしもてん。今夜、予約してくれてはるお客さんがえらいナッツ好きで、一缶でもええから何とかならへんやろか」と連絡が入れば、物流倉庫はもちろん、自分の担当エリアのお店にも連絡を入れて、とにかく早急に対応する。

無理難題を押しつけてきたり、クレームを言ってくる得意先には全力を挙げて優先的にこたえる――それが、まどかの信条だった。

しかも、女性らしいきめ細かい配慮も欠かさない。

たとえばバレンタインのチョコレートは、直接仕事に関《かか》わる担当者のみならず、総務や経理の男子にも配る。少しでも仕事で知り合った人とは、つながれるものなら、ツイッターやフェイスブックでメッセージを交換しあう――そういうマメさがあった。

「以前から、まどか、マーケティング部で新製品開発をしたいって言うてたんよ。ただ、できあがった商品をお客さんに売ることだけやなくて、お客さんがいま望んでいる商品をつくりたいって」

彩香が淡々と言うと、金田がうなずいた。

「いつも河口におって、この川を遡《さかのぼ》ったら上流はどんな景色なんやろって思てた。そんな感じかな」

「いままで現場を走りまわって、流通関係の得意先に限らず、バーで飲んでる人の姿も見てきたやろから、こんな製品があればええやろとか、お客さんからいろんな意見を聞いてきたんやろね」

楠木がフォローした。

「こんどの部署に行ったときに、それがまどかの強みになると思うわ。でも、わたしの方は営業に行っても何のノウハウもないし……」

彩香はふたたび肩を落とした。

「そういえば、藤原さん、大学卒業するまで、ずっと東京やなかったっけ？　アクセントもイントネーションも、あ、それからルックスも、何か民放キー局の女子アナみたいやったもんねえ」

と言った楠木の言葉に、彩香が強くうなずいた。

「あの東京のトーンが、けっこう受けるんよ」

「なるほど。そういうところって、あるかもしれへん。なんかシュッとしてるように感じるもん」

「そやけどな」金田が楠木の言葉をさえぎる。

「大阪南部の出身者として言わせてもらいまっけど、ミナミではそうそう上手《うま》いこといかんでぇ。キタやからなんとかなってんねや」

ムッとして、野太い声を出した。

「ほんでも、いまどき、そうやろか。たしかに東京のイキッたところは、ちょっと敬遠されるけど。大阪の地下鉄のアナウンスかて、標準語風になってもうたやん」と楠木。

「おれらの南海電車ですら、けったいな発音で停車駅の説明しとる。『次は、岸和田、きしわだ〜』言うとき、『つ』にアクセントがのうて、『ぎ』にある。あれ、どないなっとんねん。東京にたましい売ったら、あかんど」

「全国どこに行っても同じ顔した新幹線の駅みたいになってきよったな」

楠木も面白くなさそうな顔になった。

「なんだかんだ言うても、営業は結果やんか。ちゃんと彼女は結果を残してきたんがすごいわ」

彩香は素直にまどかを褒《ほ》める。

「きみかて、ちゃんとええ製品をつくってきたやないか」と金田。

「でも、彼女は希望がかなってマーケティングに行けるけど、わたしは自分の好きな仕事が続けられへん……」

「何にでも賞味期限いうのがあるんやないのかな？　あんまり同じ仕事を続けてると、飽きてしまうし、発想もマンネリになる。あのビートルズでさえ七年間や。あれ以上、四人で続けていても、ええもんができたとは思われへん」

元ブルース・ミュージシャンの楠木は自分の経験に照らし合わせ、思慮深い顔になって言った。

「たしかに、いっつも同じお好み焼き作っとったら飽きてくるわ。定番メニューでさえ、入れる具、小麦粉の種類、ソースのブレンドやらをちょこっとずつ変えてる。新しいメニューも考えんと、どんどんアホになっていくようで怖い」

金田の言葉に、彩香は、そうやなあ、と納得した顔になる。

「何にでも潮時ってあるんやで。タイミングがあるねん。漁師の水沢航《みずさわわたる》クンが言うとった。魚の獲《と》れるチャンスいうのは限られてるて。夕まぐれや朝まぐれのトワイライトタイムが好きな魚は、そのタイミングをはずすと、なかなか獲れへんそうや」

楠木が常連の若い漁師から聞いた話を受け売りした。

「彩香ちゃん、そういう意味では、いま、自分が変わるチャンスやで。なあ、知ってるか？　チャンス君いうのは、頭の前の方にしか髪の毛が生えてへんらしい。それ以外はつるつるや。チャンス君が通り過ぎてから、髪をつかんで捕まえようと思ても、もう遅い」

金田が何本目かのハイライトに火を点《つ》けながら言うと、彩香は虚《きょ》をつかれたように、目をぱちぱちさせた。

「……営業に行くのに絶好のタイミングというのはわかるんよ。でも、わたしは高知営業所に行っても、単なる営業の一歩兵《いちほへい》やん。そやけど、まどかは係長に昇進してん。わたし、彼女の実力は評価するよ。でも、はっきり言って、人間的にはあんまり好きになられへん。人事考課って人間性とか考慮せえへんのん？　あんなふうに上手いこと『女』を武器になんかでけへん……わたし、営業で、どうやっていったらええんやろ……」

＊　＊　＊

金田と彩香、そして自分にもウイスキー梅酒のオン・ザ・ロックをつくり、楠木はマロちゃんが持ってきてくれた盆梅に目をやった。よく見ると、白梅はすべての花が開いているが、紅梅はまだ蕾《つぼみ》がちだった。

凛としながらも甘い梅の香りが、カウンターの内側にもしのびやかに漂ってくる。

——この香りには、何かしっかりした芯《しん》があるなあ。

まるで、悲しみに裏打ちされたやさしさをもつボビー・ブランドの音楽みたいや。

つやつやと美しい飴《あめ》色をした乃し梅をぱくりと食べた金田が、梅酒でのどを潤《うるお》すと、おもむろに口を開いた。

「そうか。まどかちゃんの方が先に出世したから、焦ってるんやな」

「………」

彩香はあからさまにたじろぎ、視線を泳がせた。

「そらあ、サラリーマンになった限り、出世せなおもろないやろ。組織は、上に立たんと自分の力を思うように振るわれへん。おれも小さな会社におったことあるから、それはようわかる。きみがスターライトにあと何年いようと思てるんか知らん。定年までいうたら三十五年くらいか。えらい長距離ランナーや。まだ三十になるかならん歳で、ライバルに先を越されたとかどうのこうの言うのは、ちょっと早いんちゃうの」

金田が話すうちに、彩香は徐々にいつもの勝ち気な顔にもどった。

「ほかの人より成績あげて早く出世したい、というのは悪いことですか？　わたし、イラチなんです。それに、実績かて、ちゃんと積んできたと思うし」

「ほんでも評価するのは他人やからなあ」

金田はグラスをいじりながら、淡々とこたえる。

「生きてる時間がえらい長なったというても、人生たかだか八十年。サラリーマン生活なんかもっと短い。壮大な宇宙の時間と比べたら屁《へ》ぇみたいなもんや。そんな短い間にうまいことやったろ思ても、なかなか帳尻は合えへんよ」

そして、楠木が金田の言葉を引き取った。

「昔のひとは、この世ではマイナスでも、極楽浄土《ごくらくじょうど》に行ってプラスになればええと信じたんやろなあ。過去、現在、未来の長い時間軸のなかで帳尻を合わそうと思たんや」

楠木は梅酒を啜《すす》るように飲むと、天井から下がっているスピーカーの方を指さした。

「アフリカからアメリカに連れてこられた黒人らは、奴隷にされて獣みたいに扱われたり不条理な暴力受けたり……生きていくのがめっちゃしんどかった。そやから来世を信じるしかなかった。そんなこんなでゴスペルが生まれて、このボビー・ブランドみたいなブルースも生まれた。神さまとか酒や歌に頼るしかなかったんや。苦しかったりしんどかったからこそ、素晴らしい歌が生まれたとも言えるんやないかな。皮肉なもんやけど」

訥々《とつとつ》と語る楠木の話に彩香は引き込まれ、楠木がしゃべり終えても黙したままだった。

「わたし、まだまだや……」

彩香が消え入るような声で言った。

「そうや」金田がうなずいて、ぬくもりのある声になった。

「ええ大学出て、ええ会社に入って、みんなが憧《あこが》れる部署で働いて、スター社員になって……陽《ひ》の当たる場所にずーっとおられたんは、めっちゃラッキーなことやったんや」

「……うん。いえ、はい」

スツールの上で居住《いず》まいを正した。

「営業はシビアやで。いろんなキャラの得意先がおる。その人らに応じて、ちょっとずつ違う対応もせなあかん。彩香ちゃんは、他人にあんまり頭下げたことないやろ?」

「………」

彩香は二、三度瞬《まばた》きをした。

「モノを買《こ》うてもらうんは、そら、たいへんなことや。しかも、お客さんと面と向かっての商売。これがほんまの営業や。デスクでパソコン叩《たた》いて、机上《きじよう》の空論《くうろん》を作るんやない。営業力はひとを見る力や。そやからヘンな策を弄《ろう》してもすぐバレてまう。テクニックやないねん。少なくともおれは、電話とメールで商売するやつからは、絶対にモノを買わへん」

金田がめずらしく神妙な顔になっている。

「彩香ちゃんは、自分は営業に向いてへん、と思てんのやろ?」

楠木がカウンターの向こうから訊いた。

「なんか、やっぱり……」

「でも、じつは、それがええねん。ちょっと苦手と思てるくらいのほうが、彩香ちゃんみたいな熱い性格にはええんちゃうのかな。じっくりと忍耐力を養うええ機会や」

楠木は振り向いてバックバーからバランタイン17年を取り出した。「ウイスキーかて樽で眠って育つやろ？」

「はい。17年てラベルに書いてあったら、貯蔵庫の中で少なくとも17年は寝てます」

「真っ暗な貯蔵庫の中でそんな長い時間、雨の日も風の日も、日照りの夏も、寒さの冬も、孤独に耐えてウイスキーは育つんやろ？　その年月はめっちゃ寂しいはずや。そやけど、その厳しい風雪に耐えることで、身を削りながら美味《うま》い酒になっていくんとちゃうのん？　神さまは耐えられへん試練は与えへんて言うよ。彩香ちゃんが営業に出るのって、ま、そんなふうに考えたらええんやないかな」

＊　　＊　　＊

「そうや。あれ、飲もか」

金田が楠木に言った。

「うん。あれを、あれしょうか？」

「よっしゃ」

楠木が取りだしたのは、シングルモルトのロールスロイスと呼ばれるマッカラン12年のボトルである。

「彩香ちゃんも飲んでや」金田が言う。

「せっかくやから、ええグラスでいこ」

楠木はウォーターフォードのクリスタル・グラスを取りだし、大きめの氷を一つ入れた。心地よい音をさせて酒を注いでいく。

そうして、金田と彩香の前にオン・ザ・ロックのグラスをすっと滑らせた。

天井からのピンライトの光をあびて、黄金色の液体がバー堂島の窓から見える夕映《ゆうば》えのように華やいだ色になる。

楠木が目顔《めがお》で、どうぞ、と二人をうながした。

彩香は、じゃ遠慮なく、とつぶやくように言い、グラスにすっと手を伸ばす。

液体を口の中で転がし、じっくり香りをきく。

「……！」思わず顔をほころばせた。

「このお酒、マッカランやないよね。梅酒やんねえ？」

楠木は黙ってうなずく。

彩香の並びに座る金田がオン・ザ・ロックのグラスを持ったまま、彩香の顔を見つめた。

「ご名答」

「でも、なんで、こんなに美味《おい》しいん？　わたしの作った梅ウイスキーとは、またぜんぜん違う。これ、別次元やわ」

「やろ？」

金田が意味ありげにほくそ笑んだ。

「そんなにさらさらしているわけでもない。上品でもない。むしろもったりしてる。でも、なんか心がほっこりする味やわ。むかし飲んだ、お祖母《ばあ》ちゃんが作ってくれた梅酒みたい」

彩香の言葉に、金田が首肯《しゅこう》した。

「さすが。ええとこ、ついてる。これ、うちのお母ちゃんが毎年つくってくれる梅酒やねん。マッカランのボトルに入れてもろてるのは、6年ものやったかな」

彩香が大きく目を見張った。

「お母さん、なんのお酒に梅を漬けてはるんですか？」

「フツーのホワイトリカー。どこにでもある、安い安い甲類焼酎や」

「それで、こんなお酒に、なるんですか？」

「な、おもろいやろ」

「うん」彩香の顔があどけない少女のようになった。

「おれにとって、世界で一番おいしい酒はお母ちゃんの梅酒や。どんなに素晴らしいウイスキーやワインを飲んでも、この酒にはかなわへん」

「たしかに、おふくろのつくった梅酒は特別やった。子どもの頃は、梅酒を飲ませてもらうんが、なんか大人になったみたいで、うれしかったよなぁ。それに、風邪引いたときとかキュッと飲むと、不思議と治ったもん」

なつかしそうに楠木が言う。

「隣の家より美味しいのをつくりたいとか、ひょっとしてこれ売れるんちゃうかとか、そんなこと考えてへん。ただ家族のためにつくってるだけや」

金田はグラスを置き、つくづくと梅酒の色を愛《め》で、ふたたび口を開いた。

「気持ちが伝わると、それが記憶にしっかり残るんやろな。商売かて同《おんな》じや。なーんちゃって。おれ、なんか、エラソーやな」

そう言って頭を掻き、でな、最近俳句はじめてな、と二人に笑顔を向けた。

「唐衣《からころも》　山にのぼれば　カラコルム。どや、これ？」

　楠木が、「まったく意味不明やな」不機嫌にこたえる。

「これ、どうや？　ひさかたの　ひかりとのぞみ　新幹線」

「お前、アホか」

「これやこの　行くも帰るも　御堂筋」

「百人一首のパクリやな」

「梅の香の　天神宮で　イマジンを」

「ジンって音で韻を踏んでるつもりか」

「ほんなら、とっておきや。二本《ふたもと》の　梅に遅速《ちそく》を　愛すかな。どや？」

「それ、どういう意味？」

　こんどは彩香が首をかしげた。

「梅が二本あるけど、白梅が早く咲いてるからええとか、紅梅の咲くのが遅いからアカンとか、そういうルールはあれへんよと。どっちもええんちゃうのって」

「とつぜん、お前、すごいやん」と楠木。

「これは与謝蕪村《よさぶそん》っていう、大阪生まれの俳人の句や」

　彩香は思わずカウンター脇に置いてある盆梅を見やった。

白梅はほぼ満開で、紅梅はちらほら咲いている。

楠木が彩香に向けて、春の日射しのような笑みを向けた。

「♪梅は咲いたか、梅酒はまだかいな～」

金田が空《から》になったグラスを上げて歌うように言うと、楠木がマッカランのボトルをおもむろにつかんだ。

父からの暑中見舞い

北浜《きたはま》の証券取引所を過ぎて、通りを越えると、難波橋《なにわばし》の橋詰にすわった大きなライオンの石像が、まぶしそうに顔をしかめていた。

土佐堀川《とさぼりがわ》の水面《みなも》は強い日射《ひざ》しを照り返し、右手に見える中之島公園の薔薇《ばら》園のみどりも、白いひかりの粉にまぶされているようだ。

北に向かって橋を渡っていると、向こうから、中折れ帽をかぶった高齢の男がうつむき加減にゆっくり歩いてきた。ちょっとがに股《また》で肩を揺するようにしている。陽炎《かげろう》のなかでその姿がゆらゆらと揺らめく。

——親父《おやじ》……？

しかし、よく似たひとがいるもんだ。

世の中にはそっくりなひとが三人いると聞いたことがある。こういうこともあるのだろうか。

楠木正樹が不審に思う間もなく、その男はふっとどこかに消えていた。

目をしばたたいたが、まったく姿は見えない。

白昼夢だろうか、幻覚だろうか……。

いや、と首を振った。

――ひょっとして、おれ、熱中症かもしれへん。

この一週間、真夏日と熱帯夜が続いて睡眠も十分にとれていない。

そうだ。自販機で冷たい炭酸水を買おう。

少し足を速めて橋を渡り、日本一長いといわれ、いつも地元の買い物客でにぎわう天神橋筋商店街のほうに向かった。

次に、その老人を見たのは、天満宮の敷地のなかにある天満天神繁昌亭《はんじょうてい》で寄席を見た後、サクサクの衣と甘い味わいが評判の中村屋のコロッケを並んで待っているときだった。

向かいの店で、父そっくりの男がお好み焼きの原型のような一銭洋食焼きを買い、うれしそうな顔をして、紙に包んでもらった洋食焼きを頰張《ほおば》りながら、北の扇町《おうぎまち》方向に歩いていった。

さっき難波橋で見かけたときと同じグレイのスーツに濃紺のネクタイ。やはりソフトをかぶっていた。父のお気に入りのスタイルだ。

揚げたてのコロッケを持って、父に似た男を追いかけたが、あいにく曽根崎《そねざき》通りの赤信号に引っ掛かってしまった。いらいらしながら待って、ようやく渡り終えたが、男の姿はすでに人混みにまぎれて見えなくなっていた。

どこかの喫茶店に入ったのだろうか。

そういえば、この商店街に何軒か行きつけの店があると言っていたっけ。

――親父はコーヒー好きやったからな……。

すこし小走りになったので、また汗が噴き出てきた。顔と額をぬぐう。

ジーンズの尻《しり》ポケットから赤いバンダナを出して、顔と額をぬぐう。半袖《はんそで》Tシャツは汗でじっとりしている。

父に似た男は蒸し風呂《ぶろ》のような夕凪《ゆうなぎ》のなか、白いワイシャツにネクタイをきっちり締めて、涼しい顔をしていた。

三度目に男を見たのは、扇町駅からほど近い「いちびり屋」というお好み焼き屋で夕食を終え、外に出たときだった。

「いちびり屋」は楠木の小学校時代からの親友、金田哲男の店で、食べログなどでも評判のいい店である。

楠木の父は税理士で、事務所は扇町にあった。昼ごはんを食べに、よく一人でぶらりと金田の店にやって来たそうだ。子どもの頃《ころ》から、父は金田のことをとても可愛《かわい》がっていた。

「いちびり屋」を出て、男の姿を見たとき、これは父の亡霊にちがいないと、楠木は確信した。

幽霊は怖かったが、不思議なことに父のゴーストにはまったく恐怖感を覚えなかった。

父は、九年前、楠木がバー堂島を開いたちょうどその年に他界していた。

春に店を開き、その夏に亡くなったのだが、開店の日に予告もなくやって来て、うれしそうに一杯だけサントリーの角瓶をストレートでなめるように飲んで帰っていった。

その一カ月後に扇町駅の地下鉄のエスカレーターで転倒し、鎖骨《さこつ》を折って入院。それ以来、患《わずら》っていたがんが急速に悪化し、衰弱していったのだった。

風邪ひとつひかない頑健な姿しか見てこなかった楠木には、父があっけなくあの世に旅立ってしまったことは、いまも現実のものとは思えない。まるでキツネにつままれたような感覚だ。

楠木が高校二年生になる春、父は税務署を辞めて独立し、扇町に事務所をかまえた。楠木は夏休みになると、暑中見舞いの宛名《あてな》書きをしに事務所に行ったので、今も扇町あたりを歩くと、当時のことを思い出して懐かしい気分になる。

旧制中学の頃から水泳に天賦《てんぷ》の才があった父は、東京のいくつかの私立大学から入学の誘いがあるなか、学費免除をしてくれる日本大学に進学。水泳部の主将になり、一九四〇年の幻の東京オリンピックの代表選手にも選ばれた。

しかし、オリンピックは中止。代わりに開催された東亜競技大会で金メダルを獲《と》り、その直後、学徒出陣《がくとしゅつじん》で海軍に召集された。

視力が悪いことが幸いして特攻隊員から外され、台北《タイペイ》の司令部勤務となって敗戦を迎えた。からくも戦争を生きのびたのだ。

大正生まれの父は、酒が大好きだった。あかるい酒だったが、酔うと必ず大きな声で歌った。楠木がまだ小学生の頃、当時は市営住宅に住んでいたが、酔って帰ってきた父の歌声がうるさい、と隣のオヤジが飛び出してきて、組んずほぐれつの乱闘になったこともあった。

幼い楠木はそんな大声の父が苦手だったが、年を経て、男の鬱屈《うっくつ》もわかるようになり、父の酒への傾きがなんとなく理解できるようになった。

――男は父親の背中を見て育つんやな……。

知らぬ間に、父の飲み方と似てきている自分を発見するとき、DNAというのは不思議なものだと思うのだ。

＊　　＊　　＊

翌日の夕方、店を開ける数時間前、氷屋の氷室《ひむろ》光男《みつお》が店の扉を開けて、元気よくブロックアイスを持ってきた。

「めっちゃ暑いでんなあ」

いつも元気よく挨拶《あいさつ》するが、どこか言葉遣《ことばづか》いがおっさんくさい。いまの大阪人がおよそ使わない言葉をわざと使って笑わそうとしているのかもしれない。そういうのが商売人のコミュニケーション作法だと思っている節《ふし》もある。

「ひゃー。冷房よう効いて、気持ちええですなあ」

よいしょっと言って氷を冷凍庫に入れ終わると、大きな身体《からだ》を犬のようにブルブルッとリズミカルに震わせた。肩幅は広く、胸の筋肉も分厚い。高校大学と水泳部で活躍したそうだ。

――どういうわけか、ぼくは水泳のひとと縁がある……。

一方で氷室は音楽好きで、いまも学生時代の仲間と素人《しろうと》バンドを組み、ドラムスを叩《たた》いている。レゲエやブルース、ソウル、アフリカ音楽がレパートリーで、心も身体も真っ黒ですわ、というのが口癖である。

音楽の趣味が重なるので、氷室とは言葉をこえた、素早いコミュニケーションができる。ひらたくいえば、ウマが合うのである。

「今は、ほんま、ありがたいわ。昔は冷房なんかなかったもん。電車に乗っても、天井で扇風機がくるくる回ってるだけやった。そういえば、あの頃はエアコンのこと、クーラーって言うてたね」

楠木が言うと、氷室が目を丸くし、

「冷房のない夏て、墓のない人生、はかない人生みたいやないですか」

どこかのコマーシャルのコピーを使って、混ぜっ返した。

「家の中でも一部屋しかクーラーがなくてね、その部屋に入ると、冷房独特のにおいがしてたよ。新幹線とかハイヤーの冷房も同じにおいがしとったな。いまは、あんなにおいせえへんよね」

「たしかにそうでんな。そんなにおいがすると、バーとかレストランで飲み食いしても、味がわからんようになってしまいますよね」

「そうやねん」楠木はうなずいた。

「味覚は嗅覚《きゅうかく》やもんね。風邪ひいて、鼻が利《き》かんようになったら、お酒の味がわからへん。カクテルの味が変わったって言われたことがあったよ」

「へえ。マスターでもそんなこと、あるんですか？」

「そのお客さん、それ以来、うちに来《け》えへんようになってしもて……」

「えらい厳しいでんな」

「自分の身銭《みぜに》を切って飲み食いする人には、味はすぐわかるんと違うんかなあ。その味っていうのは、きっと、ひとの味でもあるんやろな……」

「マスター。今日は、えらい弱気ですやん」

「あのときはショックやったけど、ええ勉強になったよ」

楠木はそう言って、力なく微笑《ほほえ》んだ。最近、猛暑のせいもあるのか、客足がひどく落ちているのだ。

「何か冷たいもんでも飲む？」

「すんません。まだ仕事がちょっと残ってるんで、あとで寄せてもらいまっさ」

氷室は意を決するように、よし、と言って、ふたたび炎熱の街にもどっていった。

＊　　＊　　＊

昼間はぐったりと淀《よど》んだように見える堂島川の水も、黄昏《たそがれ》どきになると薔薇《ばら》色に輝きはじめる。桜並木も、夕暮れの風にみどりの葉っぱをさやさや揺らしている。

バーの中では、花屋のマロちゃんが持ってきてくれたブーゲンビリアが、南国の夕映《ゆうば》えのように赤く燃えていた。

「ごめんください」

開店時刻の少し前だったが、バー堂島の木製扉が軽くノックされ、女性の声がした。

楠木はカウンターをくぐって扉を開けにいった。

今日は、雑誌『飲み食い天国』の取材を受けることになっていた。一週間ほど前に、女性編集者から、いま人気の飲食ライター・岸田英二《きしだえいじ》と一緒にお店にお邪魔したいのですが、と電話がかかってきたのである。

今日がちょうどその取材当日にあたっていた。

「ようこそ、いらっしゃいませ」

楠木は折り目正しく挨拶し、さ、どうぞこちらへ、とスツールの方に二人をいざなった。

長身で細身の岸田は、ライトブルーのサマージャケットを着ている。Tシャツ姿の楠木をちょっと眉《まゆ》をひそめて上から下まで眺めて、名刺を取りだした。そうして六十代後半と思えぬ軽い身ごなしでスツールに座った。

山口《やまぐち》さやかというミニスカート姿の女性編集者がその横に腰を下ろした。

脂肪ののった背中は肉厚で丸っこい。タンクトップに脇染《わきじ》みをつけている。どこか海から上がってきたばかりのトドを思わせる容姿である。

今回の取材は、『飲み食い天国』の看板連載記事「岸田英二のバー探訪」のためのものだ。関西を中心に出版されているこの由緒ある雑誌は、錚々《そうそう》たるライターが名を連ね、多くの読者から支持されていた。

楠木も特集によっては、ときどき書店で購入している。取材の電話がかかってきたときは、おれもようやく『飲み食い天国』で取材されるようになったんだ、と心の中でガッツポーズをした。

山口が手短《てみじか》に取材のテーマと手順を説明する。写真も岸田が撮るのだそうだ。

――プロのカメラマンが撮らんでもええんかな？

一瞬、楠木はいぶかしく思った。

その気持ちがかすかに顔に出たのだろう。山口が言った。

「文章を中心にした、岸田先生のお原稿を読んでいただく記事でございますし、先生ご自身、お写真がお得意でございます。それにｉＰｈｏｎｅはほんとうにお美しいお写真を撮ることができますでございますので、ご安心くださいませ」

やたらご丁寧な言葉遣いやなと思ったが、楠木は、

「承知いたしました」

と爽《さわ》やかに笑って返した。

楠木はあらかじめ岸田英二というライターの経歴を調べておいた。いったいどんな人間が取材してくれるのか知っておかねば、ちゃんとした受け答えはできないと思ったからだ。

岸田は生まれも育ちも東京で、幼稚園から一貫教育の有名私立大学を卒業した、典型的な山の手のお坊ちゃんだ。大手出版社の編集者として活躍したが、主にカルチャー系や飲食系の記事が得意だった。その後、ライターとして独立。いまは雑誌やウエブはもちろん、BS放送などでミニ番組も持っている売れっ子だった。

スツールに座った岸田と山口に、まずは、おしぼりとグラスに入った冷たいミネラルウォーターを出し、当たり障りのない天気の話などをした。

「いいロケーションだね」

楠木の話に相づちを打ちながら、大きな窓の向こう、堂島川と緑の並木を見つめて、岸田が言った。

ちょうどクルーズ船が白いさざ波を立ててゆっくりと過ぎていく。

「バトー・ムッシュみたいな船も走ってんだな。なんだかパリのシテ島みたいだ」

「シテ島も中之島も、どちらも中州《なかす》ですよね」

「都市の始まりは中州が多い。ニューヨークもそうだし、福岡なんか名前からして中洲《なかす》だ。

川や河口に街はできるんだ」

断定的な口調で岸田が言う。

「何と言っても、タモリの中洲産業大学ですもんね」

楠木が冗談っぽく笑いながら受けても、岸田はにこりともしない。

「じゃあ、ジン・トニック、もらおうか」

さっそく、苦み走った声でオーダーした。

横で編集者の山口が愛想笑いを浮かべ、何度もうなずく。

「かしこまりました」

楠木は10オンスの超薄手《ちょううすで》のタンブラーに大きめの角氷《かくごおり》を二個入れてステアし、そこにあらかじめ絞っておいたライムジュースを注《そそ》いだ。

冷凍庫から取り出したタンカレーのナンバーテンを入れる。

トニックウォーターでグラスを満たし、軽くステアする。

岸田は楠木の手さばきを黙って凝視《ぎょうし》していた。

いつもは楠木の好きな音楽をかけているが、いまは取材ということで音楽はない。グラスに注がれる液体の音、ステアされる氷の動き、炭酸のはじける微《かす》かなささやきが、しんとした空間にひびく。

楠木は久しぶりに緊張していた。心なしか手も震えている。厚さ1ミリにも満たない極薄《ごくうす》のグラスは氷の感触まで手に感じられるほどだ。腕を伸ばし、岸田の目の前に、ジン・トニックのグラスを滑らせた。

岸田はその動作の一部始終をiPhoneでカシャカシャッと連写し、びっしり霜のついたグラスと冴《さ》えかえった液体をさまざまにアングルを変えて撮った。

小指をたててグラスをもち、口に運ぶ。

一瞬、グラスを鼻先で止めた。香りをきき、小首をかしげた。そうして、上体をのけ反《ぞ》らせるようにしてジン・トニックを飲んだ。

グラスをコースターの上に置き、ふーっと吐息《といき》を漏らす。

「わるくない」

そう言って、口をへの字にした。

――わるくない……。

それって、ええってことなん？　悪いことなん？　どっちなんやろ？

楠木は思ったが、もちろん黙っていた。

「ひとつ質問があるんだけどね」

「はい」

こころもち、身体を岸田のほうに傾けた。

「どうしてライムをグラスの中に沈めないんだい？」

たしかに楠木のジン・トニックのグラスの中にはライムジュースは入っているが、絞った後のライムは入っていない。

「あれは、べつになくてええんとちゃいますか？」

素直にこたえた。

「あのライムのかけらが、視覚的にも美しいんだがな」

「たしかに涼しげでいいんですが、時間が経《た》つにつれて、エグ味が出るときがありますよね。あれが、ぼくはあんまり好きじゃないんです。ほどよい苦みではなくなるような気がするんです」

「トニックウォーターは何を使ってるんだい？」

「フィーバーツリーというキニーネの入ってるものです。よけいな苦みが入らないのが大事かなと思って、ライムのかけらは入れないようにしてるんですよ」

「しかし、グラスの中に沈んだ緑色のライムは、ジン・トニックのシンボルじゃないのかね？　いわば海老《えび》フライにおける海老の尻尾《しっぽ》のようなもんだろ。見て楽しむ部分って大切じゃないのかね？」

「でも、ライムが入っていないぶん、それだけカクテルをようけ飲めますよ」

白い歯を見せて楠木がこたえる。

「何を言ってるんだい。茶化しちゃいけない」

岸田は目の色を変えた。

編集者の山口はハラハラして、

「ま、いいじゃないですか、岸田さん。次のカクテル、いただきましょうよ」

と取りなした。

「……じゃ、次はマティーニだ」

と、そのとき、重い扉がきしんで開き、氷室が、「まいど!」と言って、顔をのぞかせた。

「今日は早い時間から繁昌《はんじょう》してまんなあ」汗を拭《ふ》きふき言った。「あれ? なんやえらい静かやなと思たら、音楽がないやないですか」

入り口近くのスツールに腰かけながら、氷室は先客のふたりに挨拶する。

岸田はあからさまにそれを無視し、編集者の山口は作り笑いを浮かべたが、取材中にどうして人を入れるのか、と舌打ちするような視線を楠木に向けた。

「すんません。うちに氷をおさめてくれている氷室さんです。せっかくやから、勉強のために同席させてもろてもいいですか？　静かにしてますから」

楠木が断りを入れ、あらためて氷室を紹介すると、山口ひとり、しぶしぶうなずいた。

楠木は素早くマティーニを作りはじめた。

氷の入ったミキシンググラスに冷凍庫から取り出した47度のビーフィーター・ジンを注ぐ。

次いで、冷蔵庫から取り出したノイリー・プラットのヴェルモットを少々。

オレンジ・ビターズを3ダッシュ。そして、軽やかで心地いい音をさせてステア。大粒のオリーブがひとつ入ったカクテルグラスに、慎重に注ぐ。

楠木は仕上げに、レモンピールの霧をグラスの周りにシュッと吹きかけた。

「どうぞ」

グラスの縁からぷっくり盛りあがった透明な液体を、一滴もこぼさぬよう、そっと岸田の目の前に置いた。

ふたたびｉＰｈｏｎｅの連写音が静かな空間に響きわたる。

「ふむ」

言葉にならない言葉でうなずき、神妙な面《おも》もちでグラスを引き寄せると、ひとくち舐《な》めるようにして飲んだ。

「……やわらかい。しかし、きりっとドライじゃないね」

「はい」素直にうなずいた。

岸田英二はグラスのステムから指を離して、片眉をあげた。

「きみの作る飲みものには、決定的な問題がある」

「……？」

唐突に言われ、言葉を失った。

「緊張感が足りん」

岸田が吐き捨てるように言った。

その横で、山口さやかは目をぱちぱちさせる。岸田の想定外の厳しい発言に、少々取り乱している様子だ。端っこに座った氷室も、いきなりの展開に息を呑《の》んでいる。

楠木は、最近、カウンターに立つ自信を少し失いかけていた。夏枯れとはいえ、あまりにもお客さんが来ない。それに輪を掛けて気落ちさせているのは、ひと月ほど前、体調不良のときに作ったカクテルの味をお客さんに見抜かれたことだった。

――おれ、この仕事、あんまり向いてへんのんかな……。

と思っていた矢先に、この取材の申し入れがあったのだ。

「だいたい、きみはTシャツ姿でカウンターに立っている。しかも、メジャーカップを使わずに目分量《めぶんりょう》でカクテルを作っている。そのいい加減さが、よくない」

岸田の鋭い声が飛んできた。

「はあ……」

楠木はおもわず頭を掻《か》いた。

「ガキじゃないんだ。客の前で頭なんか掻かないっ」

まるで昭和時代の体育教師のように、大きな声で叱《しか》りつけてきた。

楠木はハッとして背すじを伸ばし、かかとをそろえて、気をつけの姿勢をとった。

「きりっとしたバーの空気感を味わいたくてやって来る顧客に対して、失礼だと思わないのかい？」

「……いえ、それは……」

「何、もごもご言ってんだ。さっぱり、わかんないよ」

「…………」

カウンターの端っこに座った氷室は、楠木がいつキレるかと、ひやひやしていた。普段はにこにこしているけれど、けっこうイラチで短気なのだ。ほかのお客さんに絡《から》むひとや、女性客が嫌がっているのにしつこく下品な冗談を言うひとを、「はよ、帰ってくれ」と追い払っているのを何度も目にしたことがある。

初対面のお客さん――取材者といってもお客さんには違いない――にこれだけ言われたら、普通ならこのままではすまないはずなのだ。

「チャンドラーじゃないがね。バーは開けたばかりがいいんだ。店の中の空気がまだきれいで、何もかもぴかぴか光っていて、バーテンが鏡に向かって、ネクタイが曲がっていないか、髪が乱れていないかを確かめている――そういう緊張感と清潔感、氷が溶けずに角《かど》がかりっとしてる感覚がいいんだ。バーというのは、そういうもんだろ」

「………」

むかっ腹が立ったが、たしかに岸田が言うことにも一理あった。

自分でも、このところ、どこかぬるいなと思っていた。バー堂島を九年つづけるうちに初心を忘れ、大切な一点一画をおろそかにしていたのかもしれない。しかも、今日は、はじめて有名なライターさんの取材を受けているというのに……。

いつもならユーモアたっぷり当意即妙《とういそくみょう》に言い返しているところだったが、頭がうまく回らない。素直に頭をさげた。

「すみません。どこか、心のゆるみがあったのかもしれません」

氷室は、マスターどないしてん、という顔でカウンターの中を心配そうにのぞきこんだ。

「きみって、バーテンダーなの？　それともマスターってやつなの？　いったいどっちなんだ？　ぼくはバーテンダーしか取材したくないんだ。酒を提供するプロフェッショナルの話を聞きたいんだ」

「………」

おれって、バーテンダーやろか？　マスターやろか……？

すぐさま言葉を発せず、うつむき加減にしていると、岸田の怒りの矛先《ほこさき》は山口にも向いた。

「きみ、ちゃんとロケハンをしたのかい？」

小首をかしげた。

「あの……いえ……その……」

「そうか。きっと後輩か誰《だれ》かの情報をそのまま受けて、自分の足をつかってロケハンもせず、この店を選んだんだな。ったく、手抜きだな。昔の一流編集者は職人仕事をしたもんだぜ。だから雑誌が売れないんだ」

八つ当たり気味に罵倒《ばとう》した。

山口は下唇をなめ、お説ごもっとも、おっしゃる通りです、とハンカチで額をふきながら、米つきバッタのように何度も腰を折った。

「いいよ、もうっ」岸田は聞きわけのない子どものようにふくれっ面をした。

「おれは、この店とは性《しょう》が合わない。取材は中止。帰るっ」

そう言って、スツールから飛び上がるようにして立つと、さっさと店を出て行った。

＊　＊　＊

山口は顔を引き攣《つ》らせながら何度もくどく謝罪の言葉をのべて平身低頭した。

「もちろん営業補償も考慮に入れさせていただき、後日お会計させていただきますでございます」

そう言いおいて重い扉を開け、脱兎《だっと》のごとく岸田の後を追いかけていった。

楠木は、半ば口を開け、凝然《ぎょうぜん》と立ち尽くしている。

氷室の横に飾ったブーゲンビリアの赤い花が、帰っておいでと手招くように風にゆらぎ、バー堂島は水を打ったように静まりかえっていた。

「……音楽、かけまひょかぁ」

氷室が楠木の心中をおもんぱかって、おずおずと声をかけた。

楠木はぼんやりとした表情のまま氷室を見やり、

「そうやね……」

力なくこたえた。

「ぼく、勝手にＣＤかけてもいいですかぁ？」

「うん……何でも好きなん、かけてええよ」

投げやりな調子で楠木は言い、カウンターの下に置いてあるマールボロを取り出すと、ジッポーのライターで火を点《つ》けた。

「……しかし、なんやねん、あのおっさん……」

「ほんまですなあ。『バーってのは緊張感だぜ、きみぃ』やて。サブイボ立つわ。あんなエエカッコして酒飲んで、楽しいんかいな」

「……言うてもしゃあない。打った球は、返ってけえへん」

自分に言い聞かせるように言い、楠木は煙草《タバコ》を一服する。氷室はＣＤラックから一枚のアルバムを選んでプレイヤーに載せると、ほかには誰も客のいないカウンターの真ん中に座った。

楠木は黙したまま、バックバーから角瓶を取りだした。２オンスのショットグラスに注ぎ、カウンターの上を滑らせる。

「ま、飲もか」

つぶやくように言う。

エリック・クラプトンがギターとボーカルをとるブルース「ダブル・トラブル」が薄くかかっている。

砂埃《すなぼこり》にまみれたカウボーイがサルーンに入ってくるなり、ウイスキーをきゅっとあおるように、楠木は角瓶のストレートを一気に空けて、またウイスキーをとくとく注《そそ》いだ。勢いあまってかなりの量がこぼれたが、まったく気にかけていない。立てつづけに二杯目を空け、深い吐息をついた。

氷室も琥珀《こはく》色の液体を飲み干し、

「美味《うま》いっ」

ちょっとわざとらしいくらい明るい声で言う。

「久しぶりにストレートで飲みましたけど、やっぱりウイスキーは、これでんな」

その言葉に、楠木もようやく片頬にかすかな笑みを浮かべた。

「ほんまやなあ。うちの親父《おやじ》、これ、よう飲んどってん」

「のどと食道がかーっと焼けるようになるんですけど、これがたまらんですわ。身体にぜったい悪いんやろけど」

氷室が大きな身体を揺すって笑った。「ぼくの親父もストレートで飲《や》ってましたわ。あのころ、そういうのが流行《はや》ってたんでしょうかね？」

「そういえば、家のしょぼい飾り棚に、ジョニ赤やホワイトホースと一緒にショットグラスが入ってたなあ」

「むかしはスコッチって高価やったですもんね」

「そやから、親父、いつもは角瓶を飲んでたよ。オールドやジョニ赤をお中元でもろたら、小躍《こおど》りして喜んでたなあ」

楠木はなつかしそうにこたえ、カウンターの中から身を乗り出すようにして、氷室の空いたグラスにたっぷりとウイスキーを注いだ。

「これ、アテにしよう」

楠木は殻《から》つきの落花生《らっかせい》を深い皿に入れてサーブした。

氷室はその落花生をつまんで、ちょっと首をかしげた。

「あれ？　何か、しっとりしてますやん」

「このまえ宮古島《みやこじま》に行ったら、湯がいた落花生が出てきてね。久しぶりに食べたんやけど、めっちゃおいしかったんよ。で、さっそくオンメニューしてん」

楠木は少し酔いのまわった目になっている。

「子どもの頃を思い出させてくれる味やねん。親父がめっちゃ好きやってん」

「へーっ。湯がいて食べてはったんですか？　ぼく、初めてやわ」

「親父、戦争中に台湾《タイワン》の海軍司令部に一年おって、敗戦は台北《タイペイ》で迎えたんやて。しんどいことも仰山《ぎょうさん》あったけど、おかげで当時の日本ではあんまり食べられへんかったバナナはいっぱい食べられたし、花生湯《ファーシエンタン》ていうピーナッツスープもおいしくて、落花生が好きになったって言うてたわ」

「なるほど。それで、ですか」

氷室はうなずいて、ストレートをきゅっとあおった。

「海軍では角瓶が配給されてたらしい。そやから、親父はうちではもっぱら角瓶。日本のウイスキーに誇りをもってたんやろね」

「お父さん、水泳で有名やったんですよね？」

「うん。でも、ぼくはカエルの子やのに、カエルにはなられへんかった。小学校五年生になるまでカナヅチやった。海水浴に行くと、親父はぼくをおんぶして平泳ぎで沖に向かうねん。けど、ぼくは水が怖くて泣き叫んどった。天才スイマーの親父にしたら、こんな才能のない子どもに泳ぎを教えてもしゃあないと思たんやろね。ぼくにはちゃんと教えてくれへんかった。そやから自分で必死に練習して、なんとか泳げるようになってん」

「天才いうのは、はっきりしてるんですねぇ」

「ライオンはわざと自分の子どもを谷に落として、這《は》い上がってこられるかどうか試すって言うやん」

「えらい厳しい世界やなあ」

「一流と三流——ぼくは三流までもいってへんけど——はまったく違《ちゃ》うねん」

楠木はそんな引け目もあって、子どもの頃から父は苦手だった。

一緒に風呂に入っても、身体をわしわし洗われたり、頭からお湯をざぶざぶかけられて息ができなくなったり、機嫌のいいときには、髪の毛をクシャクシャされて頭を撫《な》でられ、鼻をつままれ……とにかく父は子どもと接するときに、どうしようもなく不器用だった。

おとなになるにつれ、それは父がはにかみ屋だったからと思えるようになったが、小さいときにはそんなことは、もちろんわからなかった。

父も母も他界し、姉や兄とも往《い》き来《き》がなくなった。姉弟《きょうだい》仲は良くない。父母が生きていた頃はそれでも正月には集まったが、寂しいことに、いまはまったく音信不通だ。

楠木自身、外見は若く見られるが、もうすぐ六十歳になろうとしている。疲労の蓄積もはなはだしいし、毎日の寝起きもよくない。二日酔いもひどくなり、腕立て伏せも三十回が限度になった。体力は確実に衰えてきている。

——おれは、ゆっくりと人生の夕暮れに向かってる……。

不思議なことに、最近ときおり思い出すのは、狭い市営住宅で家族五人が暮らしていた小学生時代のことだ。

路地に揚げものや湯と石鹸《せっけん》のにおいが流れ出す日暮れどき、父が税務署から帰ってくる時間にあわせて、母がいそいそと夕食の支度をする。そうして小さなテーブルに家族全員がそろって食事をする。父は串《くし》カツを食べながら、晩酌のビールを飲み、角瓶のストレートをちびちび飲った。そんな一家団らんのひとときが、なぜか鮮やかによみがえってくる。決していつも笑って暮らしていたわけではないのに、当時の家族のぬくもりが懐かしく思えるのだ。

父は寡黙《かもく》にウイスキーをすすっていた。うれしいとか楽しいとか、腹が立つとか悲しいとか、そんなことをあからさまに言うのは、男として恥ずかしいと、きっと思っていたのだろう。

「さっきのおっさん、何やぐちゃぐちゃ言うてましたけど、呼び方なんかマスターでよろしいやん。ねえ」

アルバムを替えるために席を立った氷室が、思い出したように言った。

「そうやなあ。ぼく、自分のこと、バーテンダーと思たことないもんなあ。そうかといってマスターと思たこともないし。いったい、これってどういう立場なんやろ？」

「海外で音楽修業してはるとき、バーテンダーのバイトやってはったんちゃいましたっけ？」

氷室がCDを載せると、オーティス・ラッシュのブルースが聞こえてきた。

「まあ。いちおう……」

「マスター、わりと謙虚やからなあ。そうそう、ニューヨークとかヴェネツィアのバーで働いてたって、まえに言うてはりましたやん。グラスの大きさかて違うし、お酒の量《はか》り方も日本みたいにきっちりしてへんて」

「そうやったっけ？　忘れてしもた。で、次、なに飲む？」

まぶしそうな目をして、楠木が訊《き》いた。

「お薦《すす》めやったら、なんでも」

「よっしゃ。今日はシンプルにいこ」

そう言って、冷凍庫からキンキンに冷えたゴードン・ジンを取りだした。

ざっくりした安物のロックグラスに大きめの氷を二個入れる。冷えてねっとりした透明な液体を注ぎ、アンゴスチュラ・ビターズを数滴振って、軽くステア。氷室の目の前にトンと置いた。

「ピンク・ジンでんな。やっぱ、暑い日はジンがええ感じやわ。しかも、こんどは、ゴードン」

「なんかゴードンの気分やねん。こういうざっくりしたカクテルにはゴードンがええかなって」

＊　＊　＊

ひとくち飲むと、クラッときた。

かなり酔いがまわってきたようだ。さっきから蒸留酒をストレートで飲み続けている。

楠木の口もつい軽くなった。

「ゴードンはなつかしい酒や。子どもの頃、うちの親父がウイスキー買うおカネがないときに、よう、これ買《こ》うてきてん。赤いイノシシのマークが強烈に目に焼きついてるよ」

「ジンのなかでも、古武士《こぶし》のような骨太で男っぽい感じがしますわ」

と氷室がこたえる。

「メジャーカップできっちり量《はか》ったカクテルだけが、カクテルやない」

「そんなん、マスターには似合えへん。かえって、この店でそんなことされたら、気色《きしょく》わるいやん。料理かて、大さじ何杯小さじ何杯とか、厳密に分量はかっておいしいもんできるかいうと、そうやないですもん」

「そうや。中華の料理人なんて、大きな鍋《なべ》にザバッと野菜入れて、塩コショウ、豆板醤《トウバンジャン》やオイスターソースやらをちゃちゃっと入れて、ガシャガシャ音させて手際よう作るから美《う》味《ま》いんちゃうのん？」

岸田の言葉を思い出し、楠木もちょっと口を尖《とが》らせた。

「スピードとか作り手の気配とかって、めっちゃ大事ですやん」

「よう言うてくれた」

楠木はうれしそうに、大きくうなずいた。

「おいしさってテクニックだけやないですもん。たとえば、ぼくの作ってる氷ですけど……扱い方ひとつで、飲みものの味がめっちゃ変わるやないですか。氷にぼくらの心がすーと入り込むっていうか」

「たしかに毎日アイスピックで氷を割ってるけど、心配事があったりイライラしてるときは、氷がささくれてしまう。からだの調子もよくて、ちゃんと心が整ってると、きれいに氷も割れる。精神の奥底の微妙な揺れがアイスピックの先まで伝わるんとちゃうやろか」

「水や氷は、とくに心が映《うつ》りますな」

「以前は毎日、角氷とかカットダイヤみたいな氷を頑張って作ってたんやけど、手もとが微かに震えるようになってからは、単なるぶっかき氷しか作られへん……」

氷室は、楠木の氷にこだわりが見られなくなったのは、とうにわかっていた。氷室が教えた丸い氷も、最近はついぞ見かけていない。

「マスター。なんで心が揺れてはるんですか？　ぼくには言うてくださいよ。氷屋が言うのも何やけど、水くさいでっせ」

楠木は、残り少なくなったピンク・ジンのロックを呷《あお》り、カランと音をさせてグラスを置いた。おもむろに口をひらく。

「じつは……ちょうど三十歳若い後輩がおるんやけどね。高校卒業してからずっとホテルバーで働いとって、『日本一のバーテンダーになる』いうて頑張ってんねん。うちにもよう来てくれて、『このバーは特別ですね』とか言うてくれる。悪い気はせえへんから、カクテルのレシピや作り方もぼくなりに教えて可愛がってきた。で、この前、そいつが来よってね。その夜はマティーニ一杯だけ飲んで、帰ったんやけど、三日後にメールが来てん。『マスターのマティーニはドライすぎます。ジンとヴェルモットが上手《うま》く混ざっていません。エッジが効きすぎてバランスが悪い』って書いてあったんや」

「メールで、ですか？」

氷室は目をしばたたいた。「わざわざ面倒なことする奴《やつ》やな。飲んだときにその場で言うたら、それですむ話やないですか」

「……最近の子は、顔と顔を合わせてモノを言うのがどうも苦手みたいや。電話ですら嫌なんやそうや」

「男のくせに、こそこそと情けないですなあ」

いつもピースフルな氷室が、めずらしく眉間《みけん》に皺《しわ》を寄せた。

「そやけど、マスターのマティーニがドライすぎるって、さっきのライターと真逆の指摘やないですか？　おっさんは『ドライじゃない』って文句言うてましたよね」

「そやねん。もう、わけわからん……。後輩の言葉もえらいショックで……。このクソガキがって腹も立つし。風邪ひいて味がわからんようになって、お客さんに文句いわれた直後のことやったしな。そんなことがたまたま重なって、まだ気持ちの整理がついてへん矢先に、さっきのあれや……」

「なるほど。あれですなあ」

おっさんくさく氷室が、うんうん、と難しそうな顔をする。

「マスター。ちょっと頭冷やしましょうや。あんまりカッカすると、よけいにハゲまっせ」

「よけいに、は余計や」

ちょっとムッとして返した。

「ぼく、アントニオの店からグラニータもろて来ますわ」

「お、ええね」

「アントニオの好物ですねん。ことしの夏はかなり力入れていて、いろんな種類のを作ってるそうですから、マスターの好きそうなん頼んできますわ」

そう言いおくと、氷室はバー堂島の扉を開けて、通りにさっと出ていった。

＊　＊　＊

ほどなくしてスピーカーから流れる古いブルースの曲が終わった。とりとめのない気分で窓から川景色を眺めていた楠木は、ＣＤを取り替えようと振り返る。

と、ブーゲンビリアの赤い花びらがカウンターの上にはらはらと散っている。

――エアコンの風もあたってへんのに……。

いぶかしげにそちらを見やった。

「……！」

はにかんだような笑みを浮かべた父が、あのグレイのスーツに濃紺のネクタイを締め、しゃんとした姿勢でカウンターのいちばん端っこに座っているではないか。

父は楠木の方にからだを向けると、鷹揚《おうよう》に片手を上げた。

スツールがちょっと軋《きし》んだ音をたてる。

〈元気そうやな〉

おだやかな声で語りかけてきた。

楠木は、詰めていた息を吐きだした。のどがからからに渇いている。

「……おやじも」

天国で元気もなにもないだろうと頭の隅では思っているが、おもわずそう口走った。

いま目の前にいる父は肉づきもいいし、肌のつやもいい。髪の毛もきれいに撫でつけられている。

九年前、ベッドで臥《ふ》せっていたときは頬もこけ、腕も脚もかつて運動選手だったとは思えぬほど筋肉が落ち、痩《や》せ細っていた。

――あっちで、ちゃんとおいしいもん食べてるみたいや。

すこし安堵《あんど》した。

最後に病院に見舞ったとき、父は、あんパンを食べたいと楠木に言ったのだった。担当医に訊くと、パンはいいが餡《あん》こはダメとこたえたので、楠木はクルマを飛ばして、父が贔《ひい》屓《き》にしていたパン屋まであんパンを買いに行き、パンのやわらかい部分だけ少しずつちぎって父に食べさせた。

餡こ、あかんのかいな……と父はかすれ声でおずおずと二度訊いたが、楠木は心を鬼にして、それを拒んだのだった。

〈どや、儲《もう》かってるか〉

照れ屋の父は、いつもの冗談めかした感じで訊いてくる。

「うん。ぼちぼち……」

話したいことは山ほどあるが、接《つ》ぎ穂がみつからない。

九年ぶりに会ったのに、父と息子は落ちつきなく視線をはずした。

沈黙がおちると、使い古したエアコンの音が妙に高く聞こえてくる。

父はブーゲンビリアの花をなつかしそうに見やった。

いちど、父が敗戦を迎えた台湾を一緒に旅したことがあったが、台北の街を歩きながら、石壁を覆いつくすように咲いたこの花が好きだと言っていたっけ。父は、山本五十六《やまもといそろく》がブーゲンビルで戦死してから学徒出陣したという。ブーゲンビリアを見ると、そんなこんなを思い出すとも言っていた。

〈……せっかくやから、おいしいウイスキー、飲ましてくれるか〉

低く咳払《せきばら》いをして、父が言った。

楠木は黙ってうなずく。

さっそくバックバーから稀少《きしょう》なシングルモルト・ウイスキーを選んだ。が、一瞬考えて、そのボトルをもとの位置にもどした。

――やっぱり、あれにしよう……。

そう思いなおして、サントリーの角瓶をひょいと取りあげた。

家で飲んでいたのはもっぱら角瓶だった。楠木の家では父の飲み終えた角瓶に麦茶を入れて、冷蔵庫にひやしていた。少年時代の暑い夏、楠木は角瓶に入った麦茶を毎日飲んでいた。その頃から、亀甲《きっこう》模様のボトルは楠木の心に深く刻印されたのだった。

丁寧にショットグラスに注ぎ、ウイスキーがこぼれないようにカウンターを静かに滑らせる。

父はカウンターに両手をおいて、なんとも言えない笑顔をつくった。愛《いと》おしそうに琥珀《こはく》色の液体を見つめている。

日本人ばなれした二重まぶたのくっきりした瞳《ひとみ》は、少年のように輝いている。元気溌剌《はつらつ》として、自宅で好物のてっちりを食べていた頃のようだ。

車の免許をもたない父は、ゴルフに行くにも自らキャディーバッグをかついで歩いていった。電車に乗ってゴルフ場まで行くのである。

グラスを前にしてゆったりくつろぐ父を見ていると、左右に揺れる独特の歩き方で、早朝、ゴルフ場に向かう姿が浮かんできた。

「お父ちゃん、若い連中にはぜったいに負けへんで」というのが口癖だった。小柄な父が、水泳の檜舞台《ひのき ぶたい》で活躍できたのはそんな負けじ魂のおかげだった。

ゴルフをはじめたのは、血糖値が高くなり、医者に運動を薦められたからだ。好きな酒を控え、中古のゴルフセットを買ったのである。なぜか泳ぎには行かなかった。どうして水泳をしなかったのかと訊くと、「もうあの世界はこりごりや」と言ったのを覚えている。

父は当時、安月給の公務員だった。ゴルフ練習場に行くおカネもない。レッスンプロに習うおカネなどさらさらない。幸い、市営住宅の近くには、埋め立て中の浜辺があった。父は幼い楠木を「あとでキャッチボールしたるさかい」と浜辺での打ちっぱなし練習に誘った。楠木は飛んだゴルフボールを拾いにいく係だったのである。

一度何かをやると決めたら、ひらすら打ち込む父は、楠木を引きつれた練習を毎週末の夕方、必ずおこなった。おかげで父の腕前は急速に上がり、ハンディキャップはシングルになった。

大阪湾に沈む夕日を浴び、潮風に吹かれて浜辺を歩きまわった記憶は、いまも楠木の脳裏にあざやかに残っている。

いまカウンターの向こうにいる父は、端然《たんぜん》と座って、角のストレートを啜《すす》るように飲んでいる。

〈ウイスキーを飲めるやなんて、こら、極楽や……〉

父はそう言って、お父ちゃんが極楽いうのも何やヘンやけどな、とくすっと笑った。つられて楠木も笑う。

父はグラスを置くと、生真面目《きまじめ》な表情になった。

〈……正樹。ブレたら、あかんぞ〉

やわらかい口調で諭《さと》すように言う。透きとおった氷のように澄んだまなざしが楠木に向けられている。

――心配してくれてたんやろか……。

難波橋や南森町《みなみもりまち》、扇町の駅の近くで親父を見たのは、偶然やなかったんや。何かを知らせようとしてくれていたのかもしれへん。『飲み食い天国』の取材に弱気なスタンスで臨んだら、ぼろくそ言われてしまうのもわかってたんや。

〈お父ちゃんは、『虚仮《こけ》の一念、岩をも通す』で、水泳もゴルフも仕事もただただ真面目

に一所懸命やってきた〉

――ぼくがまだ音楽に未練があるのを、気にかけてるんやろか……。

楠木はかつてブルース・ミュージシャンとしてレコード会社にスカウトされ、アルバムを一枚リリースした。バンド・メンバーとともに東京に出たが、結局鳴かず飛ばずで、素人に毛の生えたようなバンドは解散。その後、世界を放浪してバーテンダーと音楽の修業を続けた。

カッコよく言えばそういうことだが、どっちつかずのいい加減な生き方を続けたに過ぎない。それは自分がいちばんよくわかっている。

旅を続けるあいだに、バーテンダーの仕事のほうが音楽よりもじつは向いているんじゃないかと思い、生まれ故郷の大阪に戻って、この店を開いたのだ。

この世界は職人の世界だ。手とり足とり教えてくれることなどない。見よう見まねで世界各地のバーテンダーのやり方を自分なりに学んできた。

ニューヨークでもヴェネツィアでも、リスペクトできるバーテンダーは単にテクニックに秀《ひい》でているだけでなく、お客さんとのコミュニケーションが上手だった。悩みを語るお客さんには、親身になってその話を聞き、洒落《しゃれ》たサジェスチョンも忘れなかった。

バーの扉を開けて入ってきたときよりも、少しだけ肩の力が抜けたり、眉間の皺が取れて帰っていくお客さんの姿を見るのが好き——そう言ったバーテンダーの言葉が印象に残っている。

楠木自身、好きなマスターやバーテンダーに会いたいがためにバーに行く。酒のおいしさは、なんといっても人間のおいしさだと思っている。

そういえば、ニューヨークのバーテンダーは、「おれはバー・マン（＝バーの男）だ」と言っていた。たしかに、素晴らしいテクニックを持ちながらも、なんとも言えない人間味にあふれる男だった。

かれはいつもTシャツ姿でカウンターの中に立っていた。その立ち姿に楠木は強いインパクトを受けたのだった。

岸田から「きみはバーテンダーなのか？　マスターなのか？」と訊かれたときに、どうしてすぐにこの言葉が出てけえへんかったんやろ……。

いまさらながら、ちょっと悔しかった。

〈お前の良さは、持って生まれた『隙《すき》』や〉

「すき……？」

〈どこか抜けてるとこ、や〉

父の行きつけだった店のバーテンダーは二枚目でカクテル作りも客あしらいも素晴らし

かったが、いつも蝶《ちょう》ネクタイがちょっとだけ歪《ゆが》んでいた。でも、その綻《ほころ》びのような部分がなんとも言えず可愛く、仕事でざらついた心もなごんだという。

〈隙は、好き、につながるねん〉

たしかに、そうかもしれない……。

おぼつかないイタリア語で冗談を言うと、ヴェネツィアでもローマでもとても受けた。日本でも同じじゃん。あんまり完璧《かんぺき》な日本語で喋《しゃべ》られても、可愛げがないと思われる。

〈酒は人間がつくるもんや。いつも同じ味やない。お前だけにしか出されへん『いろ』をもった酒をつくればええ〉

いろ？

〈色気や。隙があるから『いろけ』が生まれる〉

そうやった……。あれこれ理詰めで考えて、自分で自分を追い込んでしもてた……。

〈お前は小さい頃から自由に生きてきたんや〉

京都の大学を休学して東京でバンドをやったときも、親父は何も言わへんかった。ただ、からだだけは大事にせえよと。結局、大学を除籍処分になり、その後、海外に逃げるように旅立ったときも、人生後悔せえへんようにやれ、と言ってくれた。

自由を求めて生きるなら、それに徹せよということなのか。還暦近くになっても、まだ心の軸がふらついている息子に、いいかげん肚《はら》を据《す》えろと忠告しているのか……。

〈とにかく、続けることや〉

父は、やっぱり角は美味《うま》い、とつぶやき、お代わりをもとめてショットグラスを軽く上げた。

＊　＊　＊

アルミの出前箱を持って、氷室が扉を開いた。

「とつぜん降りはじめましたわ。夕方から入道雲がもくもく立ってましたもんなあ」

川のほうを振り返ると、バー堂島の大きな窓に微かな音をたてて、雨粒が降りかかっている。

氷室はハンカチで髪やポロシャツにかかった雨をていねいに拭《ぬぐ》いながら、

「よかった、よかった。ちょうど三人分持ってきたんです。店を出たあと、ひとりお客さんが入ってきはったような気ぃしたんで」

と言いながら父に挨拶し、大きなカクテルグラスに入ったグラニータをそれぞれの前に置いた。

父はぺこりと頭を下げる。

楠木はグラニータを見つめた。淡く清々《すがすが》しいレモンイエローの、イタリアらしい繊細なかき氷だ。

「これ、リモンチェッロのグラニータ。ゆうたら、レモンのお酒を使った『おとなのかき氷』ですわ」

氷室の言葉に、父は相好《そうごう》を崩している。新奇なものには目がないのだ。グラニータにスプーンを差し入れると、シャリシャリと涼しげな音がした。

あれは小学六年生のときだった――。

泳げるようになった楠木は、父と一緒に何度か市民プールに行った。アスリートだった父はつねに身体のことを考え、暑い盛りも温かいものしか摂《と》らないのだが、プールの後、近くの食堂で珍しくかき氷を注文した。「これは特別や」と訊いてもいないのに言い訳《わけ》しながら、父はおいしそうに氷あずきを食べた。

そのときの姿が、目の前にいる父の姿と二重映しになる。

父はグラニータをスプーンにとって口にふくむと、目をつむって深く味わった。うんうんとうなずき、満足そうな吐息をつく。

窓を打つ雨音は強くなっている。

と、そのとき、店の照明がバチバチッと大きな音をたてて消えた。

ほとんど同時に雷鳴がとどろき、川向こうの石造りの建築が透きとおった薄むらさきの光に染まった。

「闇のなかで聴く雨音も、腹に響くかみなりのリズムも風情があってよろしいなあ」

素人バンドでドラムスを叩く氷室がうれしそうに言う。

ときおり稲妻がひらめくと、夜空に一瞬、青白い光の樹木が描かれた。

凛《りん》としたレモンの香りに包まれながら、まるで夏の夜がからだに染みとおって、一本筋を通してくれているようだと楠木は思った。

しばらくして、ふたたび灯《あか》りがつくと、すでに父はいなかった。

目の前にあった角瓶のショットグラスはすっかり空《から》になり、カクテルグラスに入っていたグラニータは、淡いベージュ色の液体になって底のほうに少しだけ残っていた。

「あれ、あのひと、どこ行ったんやろ?」

氷室は目を丸くして怯《おび》えたようにカウンターを見つめたが、

「あんパン、買いに行くって言うてたわ」

楠木は、にっこりして、こたえた。

堂島サンセット

BAR DŌJIMA

阪急《はんきゅう》電車が十三《じゅうそう》の駅を出て、淀川《よどがわ》の鉄橋を渡りはじめると、ガタンガタンというレールの継ぎ目の音が高まった。

京都、宝塚、神戸の三つの路線が十三で出合い、マルーンカラーの電車が並走していく。その姿はいつ見ても壮観だ。

高い空には薄いすじ雲が流れ、川の色は空を映《うつ》して、青くきらめいている。透きとおった秋の空気のなか、心なしか、河口からは海の香りが漂ってくるようだ。

川の水も昔に比べて、かなりきれいになっている。

――漁師の航《わたる》クンは、ここでウナギが獲《と》れるって言うてたな……。

山本茂雄《やまもとしげお》は自宅のある茨木《いばらき》から、月に二回、バー堂島に通う。航クンとはたまたま店で知り合い、仲良くなった。山本の数少ない若い友人である。

河原にはさわさわと風に揺れる葦《あし》の茂みと小さな干潟《ひがた》が見えた。失われつつあった自然が少しずつ息を吹き返しているらしい。

鉄橋を渡る小気味よい震動に身をまかせながら川景色を眺めていると、ボラやカニもこの橋の下で生きてるんやなと、なんだかうれしくなる。自宅を出たときの鬱々《うつうつ》とした気分は少し晴れてきたようだ。

大阪南部の堺《さかい》に生まれた山本にとって、川との最初の出合いは石津川《いしづがわ》だ。子どもの頃《ころ》、近くの田んぼにはたくさんの風車が立ち並び、その景色がまるでオランダみたいだとちょっと誇らしい気持ちだった。しかし、いまはその風車たちもすっかり姿を消し、ふつうの住宅地になってしまっている。

——おれは、なんべん川を渡ってきたんやろ……。

おもわずセンチメンタルな気分になって、好きなレゲエ・ミュージシャンのジミー・クリフの歌を思い出すうち、急行電車は梅田駅のプラットフォームに滑りこんだ。

山本茂雄は五年前に大手メーカー・松風《まつかぜ》電器を定年退職して、生まれ故郷の大阪に帰ってきた。以前は大阪本社で営業マンとして働いていたが、東京に異動になり、宣伝部員としてテレビ局や新聞社、出版社などに広告原稿やCMを出す仕事をしていた。大阪を離れた時間が長かったせいか、いまもおもわずエスカレーターの左側に乗ってしまい、そのたびに「あ、そうやった」と右側に身を寄せる——そんな自分は、どこか大阪人でなくなってしまったような、妙な気分になることがある。

宣伝部員時代、広告主《クライアント》として媒体社《ばいたいしゃ》や代理店の人たちから銀座や北新地で毎晩接待を受けた。山本自身はヨイショされる宴会があまり好きではなかった。二次会はなるべく断って、ひとりで街をふらつき、翼を休めて家に帰るというのが常だった。

そんなある夜たまたま入ったのが、北新地はずれにあるバー堂島である。ざっくばらんで押しつけがましくなく、しかも、繊細な心配りのできるマスターを気に入り、それ以来、足繁《あししげ》く通うようになった。

定年後は再就職もせず、年金暮らしを続けていたが、去年、自分の好きな船の写真を撮り、そこに文章を重ねた本を出版。その本がおもいがけず重版《じゅうはん》になり、立てつづけに写文集や小説などを出すことになったのだった。

＊　＊　＊

きしんだ音をたてて木製の扉を開けると、マスターの楠木が振り返った。

「虫の知らせですね。今日いらっしゃるような気が、ふっとしてたんです」

驚きながら、ちょっと恥ずかしそうな笑顔を山本に向けてきた。

「それってシンクロニシティーですやん」

と山本はカウンターのいちばん端のスツールに腰をおろしながら続けた。「ポリス。スティングですか。あのアルバム、カッコよかったですね」

楠木がカウンターの中で、うれしそうにうなずいた。

「心理学者のユングはシンクロニシティーのこと、意味のある偶然の一致って言うてますなぁ」と山本。

「そうすると、今日のことは、はたしてどんな意味があるんでしょうね？　いや、それにしても、Wヤング、よかったですわ」

「いやいや、ヤングやなくて、ユングですって」

「ははあ、遊具……ブランコとかシーソーとか」

「ちゃいますって」

そう言いながら、ふたりは笑い合った。

こういうアホ話ができるのがええなあ、やっぱり来てよかった、と山本はつくづく思う。

バー堂島の大きな窓からは、午後の明るい光が射《さ》し込んでいる。

――やっぱり春より秋やなあ……。

春は冬から解き放たれていく感じがいい。けれど、この歳《とし》になってみると、生命のもってる「わたしが、わたしが」というベクトルがちょっとしんどい。これから伸びていく生命への嫉妬《しっと》みたいなものもある……。

それに比べると、秋には静かな落ち着きがある。冬に向かう右下がりの傾きが好きなのかもしれない。

バックバーに飾られたウイスキーやスピリッツのボトルは塵《ちり》ひとつ付いていない。磨き込まれたグラスや一枚板のカウンターも輝いている。洗いたての白いシャツのような、清潔で凛《りん》としたこの空気が、山本は好きだ。

「土曜日はちょっと早めに店を開けるようにしたんです」

柔らかい布でグラスを拭《ふ》きながら、楠木が言った。

「うん。フェイスブックで書いてたよね」

「そうか、そうか。山本さんもフェイスブック、はじめはったんですもんね」

楠木がにこっとする。

「なんちゅうても、マスターが薦《すす》めてくれたから、やってみようかなと思って」

「それは光栄です。あれ、メールよりも面倒やなくて、いいですよね。ちゃちゃっとできますもん。いろんな人と繋《つな》がれるし」

「メールって手紙の雰囲気がちょっと残ってるやんか。けっこうかしこまった感じで書かなあかんもんね」

山本がこたえると、で、何しましょ、と楠木が目で訊《き》いてきた。

「ジャック・ダニエルのソーダ割り、もらえます？」

ちょっと背すじを伸ばして言った。

以前ほどではないが、山本はジャック・ダニエルが好きだ。

ロックやブラック・ミュージックを愛する楠木が、店で自分用に飲むことも、もちろん知っている。

黒と白のシンプルなラベルがしぶい。学生時代はいまよりもはるかに高価で、なかなか手が出せなかった。社会人になって初めてジャックを飲んだとき、とても感動したことを覚えている。

いまも当時の渇望《かつぼう》みたいなものが、まだからだの中に刻み込まれていて、手に入れやすくなったといっても、このテネシー・ウイスキーへのリスペクトは変わらなかった。ただ一点、不満はあった。いまのボトルシェイプが妙にモダンなのが気に入らない。かつての武骨なデザインにもどしてくれると、もっとおいしさは増すだろう。

ひとくち飲んで、秋空から降り注《そそ》ぐ陽光を眺めていると、レオン・ラッセルの「タイトロープ」がかかってきた。

山本はマスターの楠木と同じようにブルース色の濃い音楽が好きだ。そんなテイストをわきまえた選曲だった。

「綱渡りってタイトルが、ええやんか」

山本は満足そうに言って、カウンターに置いた右手でリズムをとった。「なんか、ぼくの人生に合《お》うてる感じがしますわ。知らんけど」

楠木はペティナイフで氷のかたちを整えながら、

「へえーっ。山本さん、そんな断崖《だんがい》みたいなところを歩いてきはったんですか」

「とくにあの本を出してから、タイトロープ感が強なった気がするなぁ……」

山本が「あの本」というのは、定年後、人生の目標が見えぬまま無気力に漂っていたとき、花屋のマロちゃんから、「船の写真を本にしたらええやんか」と薦められ、編集者を紹介してもらって生まれた写文集のことである。

「そやけど、はっきり言うて、山本さん自身、あんなに売れるとは思てはらへんかったんでしょ？」

「そやねん。そら、もう、自分が一番びっくりしてもうて……」

渡し船を中心に撮影して、山本のつれづれなる思いをつづった『渡りに船』というその写文集は、想定外に版を重ね、次の本のオーダーも来た。

山本にしたら、自分の趣味が認めてもらえれば、と単純に思っていただけなのに、あれよあれよという間に本は売れ、次回のテーマは大阪の夕日に決まった。

いまは〆切りに迫られ、山本は毎日、夕焼けに染まる町並みや海辺の景色を撮影しながら、文章をつづり、着々とその準備をすすめているところだ。

サラリーマン時代に溜《た》めていた表現エネルギーがここに来て一気に花開いたようで、べつの出版社の文芸編集者からは「山本さんの文章はフィクションになりたがってますね」と言われ、「そんなもんかいな」と軽く受けながしていると、小説を書いてください、といきなり原稿依頼が来た。

学生時代から物書きになれればと淡い夢は抱いていたが、まさか自分の文章がおカネになるなんて思ってもいなかった。まして小説なんて書けるわけがないと、一旦《いったん》は断った。だが、文芸編集者からねばり強く説得され、数カ月前から、初めての小説も書きはじめていた。

楠木がきゅるきゅると音をさせて、オイルサーディンの缶を開ける。

みじん切りにしたニンニクとイタリアンパセリを入れ、唐辛子を小口切りにして、塩コショウをささっと振りかけた。

そうして、しばらくトースターで温め、缶詰ごと小皿にのせて山本の目の前に置く。

「オイルサーディンのアヒージョです」

山本は、おいしそうな匂《にお》いやね、と言って、

「これ、ひょっとして……」

缶のデザインをしげしげと見つめた。

「そうですわ。航クンが獲った大阪のイワシでつくったオイルサーディンです。えらい評判よろしいみたいで、なかなか手に入《はい》れへんから、航クン、とくべつにうちに持ってきてくれたんです」

「前から大阪のオイルサーディンの噂《うわさ》は聞いてたんやけど、うれしいなあ」

そう言って、山本はさっそく小さなフォークでサーディンを突き刺して口に運んだ。

楠木はじっとその表情をうかがっていたが、山本はすぐさま顔をクシャクシャにして、

「これ、めっちゃ美味《うま》いね。上品でコクがあるわ」

目をしばたたき、テネシー・ウイスキーのソーダ割りをのどを鳴らして飲んだ。

はじめて出したメニューを気に入ってもらえ、楠木はやわらかく微笑《ほほえ》む。

「大阪湾で獲れたイワシをこうやってオイルサーディンで食べられるなんて、夢みたいや。ぼくの子どもの頃、とくに高度経済成長の時代、し尿を海に流すことがあったからね。大腸菌うようよで、海水浴もできんようになってたもん」

山本がグラスを置いて言う。

「大阪のイワシ、金太郎イワシって言われてるんですってね」

「へえー。船場太郎《せんばたろう》やなくて、金太郎。そら、また、なんでですのん?」

「脂ののったお腹《なか》が金色やからなんですって。航クンがそう言うてました」

「なるほど、そういうことか。むかしは、イワシは食べるだけやなくて、干鰯《ほしか》っていう畑の肥料にもなってたんよ」

「へえー。イワシは優《すぐ》れもんなんですね」

　楠木の言葉に、そうやねんと山本はうなずき、ふたたびフォークを伸ばして、ぱくりと口に入れた。

「けっこう、これ、ジャック・ダニエルにも合うんやね」

すでにレオン・ラッセルのアルバムは最後から二曲目の「マスカレード」になっている。

山本は楠木に頼んでアルバムジャケットを見せてもらい、

「ほら、顔を真っ白に塗ってるやろ。このLP出たときにこれ見て、えらい不気味やったわ。レオン・ラッセルってどこかシャイな人やから、わざとこういうことやりよるねん」

　なつかしそうに、CDをためつすがめつした。

「めっちゃ繊細なんでしょうね。わざとひしゃげた声で歌《うと》てますもん」

　と楠木は同意し、

「ところで、さっきタイトロープ感って言うてはりましたけど、そんな危うい感じは山本さんと無縁やないんですか？　定年後に前からやりたかったお好きなこと、できてはりますやん？」

山本は一瞬からだを強張《こわば》らせ、やがて力なく頭を左右に振る。

「人生、そうそう、うまくいけへんもんですわ……」

そう言うと、ジャック・ダニエルのお代わりを注文した。

＊　＊　＊

山本は、定年退職金で株と投資信託を買い、老後の資産運用をしながら、生活に必要最低限なおカネは年金をあてていた。ところが、資産運用がまったくうまくいかず、株は値下がりするし、投資信託はタコ配になり、やがて分配金もまったく出なくなり、塩漬け状態になった。入ってくるのは少ない年金だけだ。

写文集が売れたといっても、部数はたかが知れている。月の収入は、かつてサラリーマンだった時代の三分の一ほどしかない。

家でひとり机に向かって、売れるかどうかもわからない小説を書いていると、「おれ、いったい何やってるんやろ」と思うことがしばしばだ。

このまま自分の人生が朽《く》ちていくだけなら、何か一か八《ばち》か大きなことをやらなければ、と頭の中では意気込むのだが、いかんせん若いときのような体力はない。仕事を求めて人に会いに出かけるエネルギーも湧《わ》いてこない。

宣伝の仕事もしていたし、自分では人脈はあるほうだと思っていたのだが、それも昔日《せきじつ》のこと。かつての仕事相手はそれぞれ現役を退いたり異動したり。新しい仕事を見つけようとしても、そのいとぐちをなかなか見つけられない。

息子はすでに独立して一家をかまえている。これからの老後、いままで仕事にかまけてないがしろにしてきた妻と二人、つましく暮らしていければいいと思っている。

ただ、そうは言っても、おカネはどうしようもなく出ていく。

体力、気力、おカネ、そのどれもが自らの乏しい髪のように、確実に失われていっているのだ。

山本はぼんやりと手もとを見つめ、深いため息をついた。

「写文集を出したというても、結局、自己満足だけやったんかも……」

「いや、そんなこと、ないでしょう」

楠木は自然なトーンでそう返した。

とうぜん予想できた答えだが、バーがどういう空間であるのか、よく知っているプロの仕事や、と山本は頭の片隅で思った。

「なんや知らん、山本さん、本書くようになってから、着てるもんかて、アカ抜けはりましたやん」

と楠木が続けた。

「え？　そうかな……」

山本は空とぼけたが、マスターの言うとおりだった。

あるとき、妻が山本に向かって、

「あんた、ジャージ姿で家の中をネズミみたいにチョロチョロせんといてよ。これからサイン会とかやらせてもらえるかもしれへんし、ひょっとしてテレビに出させてもらえるかもしれへんのやで。ちゃんとした格好せなあかんやないの。それにそのバーコードの髪型なんとかせな」

と言ったのだ。

翌日、妻に付き添われて美容院に行き、シザーでカットしてもらい、その後、ちゃんとひとまえに出られる洋服も買ってもらった。イケメン美容師にきれいに整えられた坊主《ぼうず》頭《あたま》は、さすがにお洒落《しゃれ》だった。

しかし、おカネがないというのに、そういう外見にこだわる妻の感覚は、山本にはちょっと理解しがたい部分があった。神戸のお嬢さん育ちの妻は、経済的困窮《こんきゅう》ということがあまり想像できないようだった。なにより、息子が巣立った後、かまう相手がいなくなり、そのぶん飼い犬のように山本の世話を焼いてくれるようになった。それはそれでありがたいが、しつこく構われると鬱陶《うっとう》しくなり、つい口ごたえして、派手な夫婦げんかになることもしばしばだ。

「ええやないですか。ケンカするだけ仲がええって言いますやん」

そう言われた山本は苦笑しながらも、肩を落とした。

「稼いでいたら、ぼくの方も少しは余裕があるんやけど……」

「余裕がないと、カリカリしますよね」

「どうにか物書きになったけど、なかなか本も売れてくれへん。ぼくなんか素人《しろうと》に毛ぇ生えたようなもんやから、知名度は圧倒的に低い。売れへんのも当然や。商品を売るとき、まずは知名度ですから。なんちゅうても宣伝はそのためにありますからね。そんなこんなで、とにかく知名度を上げなあかんと、思たんです。でも、そうは言っても小さな出版社やから宣伝費はゼロ。どないしたらええんやろ？　で、そのとき、思い出したんです。マスターの言葉を」

「フェイスブック、けっこう宣伝になりますよって」

「そう。それですわ。で、はじめたら、うちの女房が自己表現欲求の強いタイプやから、

SNSにはまりよって。いろいろぼくの本のことを含めて、宣伝してくれてるんです」

「ええやないですか。ちょっとは夫婦円満にならはったんとちゃうんですか」

山本は曖昧《あいまい》に笑って、うなずいた。

＊　＊　＊

「まいどぉ！」

あかるい声とともに、バー堂島の扉が開いて、花屋のマロちゃんが腕にコスモスの花をいっぱい抱えて入ってきた。

「あ、山本さんや」マロちゃんは顔をほころばせ、

「こんにちはお久しぶりです」

両手をそろえて、ぺこりと頭を下げた。

ほっそりと華奢《きゃしゃ》なからだつきにマッシュボブのヘアスタイル。ミルクティブラウンのさらさらの髪の毛が外からの光を受けて、淡く輝いている。

——いつ見ても可愛《かわい》いなあ……。

山本はおだやかに微笑《ほほえ》み、紳士の身ごなしで挨拶《あいさつ》をかえした。

バーの空間は一気に華やぎ、楠木の頬《ほお》も自然とゆるむ。

「今日は、秋の桜、もってきましたよー。風に揺れる姿が、どことなくはかなくて、いいでしょ？」

とマロちゃんが笑窪《えくぼ》をつくった。

「ここ、風吹いてないんやけど……」楠木が突っ込む。

「エアコンの風に揺れるだけでも風情あるやないですか。その姿を見て、秋の野原にそよぐコスモスのお花畑を想像してもらったらええんです」

「そうかぁ……想像力か……まさに俳句の世界やねえ」

山本が相づちを打った。

「そうそう。誰《だれ》もゐないでコスモスそよいでゐる——。山頭火《さんとうか》やったかな？」

そう言って、マロちゃんは、花瓶に手早く薄いピンク色のコスモスの花を生けていく。

ときおり首をかしげながら、いろんな角度から花を眺め、アレンジメントをしおえると、うん、これでオッケー、とつぶやいた。

「おっ、きれいやんか」コスモスを見やった楠木が目を細めて言う。「マロちゃん、今日は、もう仕事ないんやろ。せっかく山本さんもいらしてるんやから、何か飲んでったら」

「え？　ほんまに？」

カウンターの端で山本も、どうぞどうぞ、と手招いた。

マロちゃんは、じゃ、お邪魔させてもらいます、と言いながら、扉にいちばん近いスツールにちょこんと腰かけた。

「最初の一杯、何にする？」さっそく楠木が訊く。

うーん……そうやなあ……眉間《みけん》に可愛らしい皺《しわ》をよせ、

「この花とマロにぴったりなカクテル、何かちょうだい」

黒い大きな瞳《ひとみ》で楠木を見つめた。

マスターはコスモスの花とマロちゃんを何度も見くらべ、よっしゃわかった、と合点《がってん》すると、きらりと光るシェイカーを取り出した。

山本とマロちゃんは楠木の手もとをじっと見つめる。

ビーフィーター・ジンにザクロの果汁からつくったグレナデン・シロップ。レモンジュースを1ティースプーン。手際よく卵白を一つ落とし、かなりハードにシェイクし、カクテルグラスにコスモス色の液体を手早く注いだ。

液体の表面には、クリームのような泡がふわっと浮かんでいる。

「まぁ」

マロちゃんは大きく眼《め》をみはった。

液体をこぼさぬよう慎重にグラスを口もとに持っていき、そっと目を閉じて飲む。細く白いのどがやわらかく動いた。

　グラスをカウンターに置くと、しばらく言葉をのんでいた。

「……コスモス畑を吹きすぎる風……甘酸っぱいけど、くっきりと澄みきった秋風みたい。こんなカクテル、はじめて」

　深くため息をつき、感心するように首をかしげて続けた。

「酸味と甘味、ドライとウエット、ナイフの鋭さと卵白のマイルドさ。正反対のものがやさしく包みこまれて、一体となってるわ」

「いや……それ、褒《ほ》めすぎやん」

　楠木は面映《おもは》ゆげに、ほんのり頬を赤らめた。

「このカクテル、なんて名前なん？」

「マロズ・コスモス」

「え？　わたしのために考えてくれはったん？」

　マロちゃんがつぶらな瞳を輝かせる。

「いや、それは、冗談、冗談」

　にこっとして、顔の前ですばやく手を振った。

「なんなん、それ。上げたり下げたり。ほんま、好かん、タコやわ」

「タコでもイカでもええんやけど……このカクテルの名前は、ピンク・レディー」

「え？　ＵＦＯ？　サウスポー？」

山本が話に割り込んできた。このテの古い話には目がないのだ。

楠木は、こんどは首を左右に振った。

「これ、二十世紀のはじめにロンドンでつくられたカクテルなんです。アイドルのピンク・レディーは、このカクテルに因《ちな》んでネーミングされたそうですよ」

「そうかぁ。順番が逆なんやね。知らんかったわ」

山本が腕組みしてうなずいた。

マロちゃんはカクテルグラスを置き、

「そうそう。山本さんにお目にかかったら言おう言おうと思ってたんです」

あらためて向き直った。

「『渡りに船』、いろんな本屋さんで平積みになって並んでて、すんごい目立ってますよ。阪急梅田駅とかグランフロントの本屋さんとか、この近くやったら堂島アバンザとか梅田地下街とか。そうそう難波《なんば》でも。もう、あちこちで見ましたよ。わたし、自分のことみたいに、めっちゃうれしくなって。『この作家さん、よう知っててんねんよ』って書店員さんに宣伝してるんです」

「ほんまに？　うれしいなあ。ぼく、サラリーマンの頃、会社の商品を宣伝したり営業するのはフツーにできたんやけど、自分の本を書店さんに売り込みにいくのって、なんか自分が自分がって感じで、恥ずかしくて苦手やねん。そやから、もっぱらフェイスブックとかラインで宣伝してるんよ。いうても、うちの女房がほとんどやってくれてるんやけど……」

「そのSNSの効果って、あるんやないんですか」

楠木がこちら側に身を乗りだして言った。

「そうかもしれへん……。でも、写文集は値段が高いから、なかなか動きが……」

「みんなスマホで写真撮ってSNSにアップしてるから、きれいな写真が載ってると、ピピッと針が動きますよ」

「たしかにマロちゃんの言うように、写真に対する感度って上がってると思うわ。インスタグラムなんか見てると、アングルや色調にしても、みんなそれぞれ工夫してるもんね」

と楠木。

「そんななかで、写真の載った本を出せるんやから、山本さん、やっぱりすごいですよ。フェイスブック見てても、写真と文章のコラボって大事ですよね？　たとえ同じ写真が載ったとしても、文章によってぜんぜん印象違いますもん。山本さんの文章って想像力をかきたてるんですよ。そやから他の出版社からも『小説書きませんか』って話が来たんやないですか。わたし、山本さんに本作りを薦めた甲斐《かい》、めっちゃありますよ」

マロちゃんがこぼれるような笑顔で言う。

「うれしいこと言うてくれるなあ。おかげで元気になるわ」

山本はジャック・ダニエルのソーダ割りに口をつけ、

「でも、フェイスブックとかラインとか、ほんまのこと言うと、ぼく、あんまり得意やないんですわ。なんか、自分のこと見てくれ見てくれって、己《おのれ》のことばっかし言うてるような感じがするやないですか」

「たしかに、そういうところ、ありますよね」

と楠木がうなずいた。

「そやけど、うちの女房はぼくと違って、そんなのぜんぜん意に介さず、どんどんぼくの本のこと、いろんな方向から手を替え品を替え取りあげてくれてる。おかげさまで、フォロワー数もどんどん増えてるんですわ。ぼくひとりやったら、ぜったいにでけへんことやし。女房は人に気ぃつかうタイプなんやけど、どっか根本にドーンとしたとこがあるから、それがええんやろか……」

＊　＊　＊

そのとき、どこからか梵鐘《ぼんしょう》の音が聞こえてきた。

「……？」

山本はおもわず首をかしげ、マロちゃんのほうをちらっと見る。

カノジョも眉《まゆ》をよせている。

壁にかかった年代ものの時計を見あげると、午後六時だ。

「まるで暮れ六つの鐘みたいやね……」

時代小説好きの山本がひとり言のようにつぶやくと、バー堂島の重い扉が開いて、三分《さんぶ》刈《が》りの男の頭がぬっとあらわれた。

「あ、南方《みなかた》さんや」

振り向いたマロちゃんがおもわず立ち上がり、人なつっこい笑顔になって手を振った。

「なんや、毛坊主《けぼうず》かいな」

楠木が愛想なくぼそっと言う。

「なんやとは、なんやねん」

南方が一瞬むくれると、

「なんやとはなんや、とは、なんやねん」

また楠木が言う。

「もう、わかった、わかった。しつこいのは、大阪人とアメリカ人と子どもやわぁ」

マロちゃんがくすくす笑いながら、南方の肩を愛情こめてはたいた。

「あ痛た……」

顔をしかめながらも、満更《まんざら》でもなさそうな声をだし、あらためて初対面の山本の存在に気づいた南方は、すみませんお騒がせいたしました、と丁寧に頭をさげた。

毛坊主の名前は、南方健次《けんじ》。春と秋の彼岸《ひがん》のころ、きまってバー堂島にやってくる。いつもGジャンに穴のあいたジーンズ姿。人相風体《にんそうふうてい》は一般人と変わりはないが、南方は自身のことを「フリーの坊主」と呼んでいる。出家得度《しゅっけとくど》をし、しっかり修行もして、ある宗派の僧の資格ももらっている。

住まいは、釜ヶ崎《かまさき》。日雇い労働者が寝泊まりする安宿が集まるドヤ街である。

南方自身もときに建設現場でドカチンをしながら、段ボールで暮らすおっちゃんたちが野垂れ死にしないように、病気や寝たきりのひとがいないかどうか、街なかを見回っている。道ばたやドヤで誰にも見取られずに亡くなったひとの葬式も出すし、法事もおこなう。引き取り手のないお骨《こつ》を自分の部屋であずかってもいる。

南方は、もともと釜ヶ崎の生まれ育ちだが、全国各地を渡りあるいて、再び釜ヶ崎にもどってきたのだ。

マスターの楠木とは学生時代からブルースバンドを組んでいたが、鳴かず飛ばずでバンドは解散。その後、連絡をとりあっていなかったが、ある日ひょんなことからバー堂島のうわさを聞きつけた南方が、馴染《なじ》みのないキタにあるこの店までやって来たのだった。

日が傾いて、バー堂島の大きな窓からは、暮れ色に包まれはじめた景色が見えている。

南方は、差し出されたおしぼりを受け取りながら、

「なんかカシスのカクテルあるかな？」と訊いてきた。

「きみ、あんまりお酒飲めへんのに、ようカシス知ってるねえ」

楠木が驚いて、すこし眼をみはる。

「うん。このまえツレと萩之茶屋《はぎのちゃや》のカラオケ居酒屋でカシス・ウーロン飲んで、気に入ってん。あの紅《あか》い色も好きやねん。夕暮れの時間にぴったりかなって」

「元ブルースマンのわりに、けっこうロマンチックなこと言うやんか」

楠木がシニカルな物言いをすると、

「でも、ブルースは基本、弱い者《もん》をいたわるセンチメンタルな歌やないの？　自分のこと

を笑って、いたわる。そこんとこが大事やと思うねんけど」

真面目《まじめ》な顔でこたえた。

「そやね。笑いは客観性やもんな。鬼太郎《きたろう》にとって、目玉オヤジはたいせつや」

バックバーからクレーム・ド・カシスのボトルを取り出しながら、楠木が言った。

「なんにせよ、おのれに酔うたらあかん」

自分に言い聞かせるように言うと、南方は口をへの字にして、おしぼりで丁寧に手を拭《ふ》いた。

カシス・リキュールを入れたワイングラスに辛口の冷たい白ワインを注ぎ、軽くステアして楠木がサーブする。

山本もマロちゃんもカクテルのゆくえをしっかりと目で追った。

グラスの中の液体は美しい茜色《あかね》に輝いている。

「堂島川の夕焼けのいろやね」

南方が惚《ほ》れぼれと見つめた。

「これ、キールってカクテルやねん。フランスのディジョンって街で生まれたんやて。市長のキールさんが特産のブルゴーニュの白ワインとカシス・リキュールで作ったらしい。

今で言う地域おこしのお酒やね。あっちでは食前酒としてよう飲まれてるよ」

そう言って、南方に飲むように目でうながした。

グラスの周りには小さな水滴が、霧のようにびっしりとついている。酒飲みのマロちゃんはおもわずのどを鳴らした。

だが、南方は、ごそごそとジーンズの尻《しり》ポケットを探っている。

「ちょ、ちょっと、待って。iPhoneで写真撮るから。これ、めっちゃ美味《うま》そうやもん」

「え？　南方、お前もか」

楠木が芝居がかった声をだす。

「今年からはじめたんやけど、なんかハマってしもてなあ。写真載せて、ちょこちょこっとコメント書いただけで、いーっぱい『いいね！』がくるねん」

スマホを横に構え、カシャカシャ撮ると、こんどはコスモスの花とキールのグラスが一緒に入るようにアングルを変えて、再び、続けざまにシャッターを押した。

「せっかく冷たいワイン入れたのに……」

楠木が口をとがらす。

ごめん、ごめん、と南方は酒が弱いのに、気を遣《つか》ってキールをぐーっと飲み、ちょっとむせながら、「うん。これ、好みや、うん」と何度もわざとらしく相づちを打って、グラスを置いた。

一つおいて左に座る山本は、南方の顔をのぞき込むようにして、

「フェイスブック、はじめはったんですか？」

「そうなんですわ。最初は釜ヶ崎の現状をみんなに知ってもらおう思ってはじめたんですけど、今日なに食べたとか、なに飲んだとか書いたら、釜の坊主の食生活に興味あるかして、けっこうリアクションが来ましてん。『いいね』の数もフォロワー数も増えてくし、ぼく、もともとお調子者なんで、なんや褒《ほ》められてるみたいで、えらいうれしなって」

「わかります、わかります」

山本は嬉々《きき》として合いの手を入れた。

「蓮《はす》の花とかきれいに咲いていると思わずカシャッと撮って、そこにブッダの説教を書いたりしますねん。これがまたウケるんですよ。想定外でしたわ。で、そのとき、はたと膝《ひざ》を打ったんです。こんな感じでブッダのしゃべらはった話――実際、目の当《ま》たりにしてへんから、ほんまは知らんけど――を噛《か》みくだいて書かせてもらうというやり方もある、と思たんです」

ひと息に言って、南方はキールをひとなめした。

「それって、新しいわぁ。SNS説法《せっぽう》やん」

マロちゃんも身を乗りだしてきた。

「やろう？　ときどき、高野山《こうやさん》とか比叡山《ひえいざん》の声明《しょうみょう》も貼《は》りつけてんねん」

「声明って仏教のグレゴリアン・チャントやもんな。お前、ボーカリストやったから、お得意のとこや」と楠木。

「南方さん」

山本がちょっとあらたまった声で呼びかけた。「ちょっとうかがいたいんですが、フェイスブックで友だちになるひとって、どんなひとが多いですか？」

南方はあごに手をあて、しばらく考えると、

「失礼ですが、たぶん、山本さんは会社を定年退職されてらっしゃいますよね？」

「ええ」

「男性は山本さんくらいの年齢の方、けっこう多いですよ。あとは、入院されている方、主婦、水商売の女性もいるし、サラリーマン、自由業……ほんま、さまざまですわ」

「……ぼくみたいな定年オヤジ、多いですか……」

「はい。でも、それが、なにか？」

南方はバゲットのチーズ焼きをがりりと噛んで、キールをひとくち飲んだ。

「ぼくもそうやったんですけど……定年後、家にぽつんと一人でいる時間ができると、何をやったらええのか、わからんようになってしまう」

「心の支えがなくなるってことですか……」

「『咳《せき》をしても　ひとり』って俳句がありましたやん。あれですわ。そやけど、寂しいからといって、男同士、昼日中《ひるひなか》から電話でお喋《しゃべ》りするのも、なんとなく照れくさいやないですか」

「そら、そうですね」と南方はうなずいて、

「その点、女性同士は羨《うらや》ましいです。女性のほうが長生きできるんは、きっとおしゃべりで上手《うま》くストレス発散できるからやないですか？　気分転換がうまいんですよ」

「ほんまは男のほうが女性的で、女のほうが男性的なんかもしれませんな。最近、ぼくは男らしいという意味がようわからんのです。うちの女房なんか、ぼくよりずっと決断力と行動力がありますわ。それに引き換え、ぼくなんか、いつまでもクヨクヨ、ウジウジして、何も決められへん。定年後の離婚が増えるというのも、うなずけますわ」

そう言って、山本はジャック・ダニエルのソーダ割りを口に含んだ。

ふたりの会話をじっと聞いていたマロちゃんが、

「知り合いのカメラマンさんが『いいお爺《じい》ちゃんはお婆《ばあ》ちゃんみたいな顔になるし、いい

お婆ちゃんはお爺ちゃんの顔になる』て言うてはったわ。男性と女性はどんどん混ざりあっていくんやね」

と口をはさんだ。

「そういう意味で、マロちゃんは理想的や。素晴らしいよ」

マスターの楠木が言うと、カウンターに並んだ山本と南方が「ほんまや」と同時にうなずいた。

＊　＊　＊

「半年ほど前にフェイスブックを始めたんですが、最初はえらい戸惑いましてね」

山本は問わず語りに、ぽつりぽつりと話しはじめる。

「それぞれが友だち申請やって繋がるんですな。それすら、ぼくは知らんかった。まだ友だちが十人かそこらのとき、高校を卒業して以来、一度も会ったことのない同級生からいきなり友だち申請が来たんです。これにはちょっと驚きました。べつに好きでも嫌いでもない男やったんですけど、『え？　ぼくが始めたの、なんで知ってんねやろ？』と思たんです」

どこでどういうふうに自分の情報がまわってるのかわからない。それがちょっと怖かった。

だが、こちらは自分の本が少しでも売れてほしいという宣伝目的ではじめたのだ。むげに友だち申請を断るわけにはいかない。かれのことはよく知らないが、とりあえず繋がっておこう、と申請を承認した。

「そうしたら毎日何回もメッセージがくるようになったんですわ。『山本クンが有名になっていくのは、同じ三年五組にいた人間として誇りです』とか書いてくれてるから、こちらもうれしいし、この歳になると、過ぎ去った青春時代は美しかったと思いたい気持ちもあるやないですか……」

そうこうするうち、元同級生のかれは、山本クンの本の宣伝をさせてもらわれへんやろか、と書いてきた。

それは願ったり叶《かな》ったりでありがたいです、と返すと、いろんな人に、自分は山本茂雄の「宣伝代理人」になったと吹聴《ふいちょう》するメッセージを送りはじめたのだった。

「ぼくも宣伝広報の仕事を長くしてきましたんで、誤解を招くようなメッセージにはナーバスになりますやん。ちょっと困ったなと悩んでいたんですわ」

しかし、かれからは、ジェイムス・テイラーの「きみの友だち」は高校二年のときに聴いて涙したけど山本クンはあの歌についてどう思うか、とか相変わらずマイペースな懐古的メッセージが毎日届いた。

最初は気を遣って一つひとつすべてに返信していたが、ある日、「ぼく、じつは、宇宙人と交信してんねん」というメッセージが来た。その前後の文脈から判断して、冗談で言ってるようではない。これはアカン、と思って、そのときからかれへの返信は当分やめることにした。すると、翌日の深夜に電話がかかってきた。酒を飲んでいるわけではないが、電話の声は呂律《ろれつ》がまわっていなかった。

「そやけど、どうしてぼくの電話番号知ってんねやろ？　公開してないはずやけど、って空恐ろしくなってね。そのあともしつこく電話がかかってきたんで、結局、着信拒否にして、フェイスブックもブロックしたんです。ぼくのほうも毎日、胃をきりきりさせて原稿書いていて神経ぼろぼろやから、もうこれ以上付き合いきれんと思たんです。でも、そうやって拒絶する自分が何かめっちゃ小《ち》っちゃい人間みたいで、嫌やったんですけど……」

「でも、それは仕方なかったんやないですか。ようあることですよ。自分を責めはらへんほうがいいですよ」

楠木が氷を割りながら、淡々と言った。

「そうなんやけど……どうにも気に掛かったんで、同級生のべつの友人──こっちはほんとに仲の良い友だちです──に電話して、かれのこと、ぶっちゃけ訊《き》いたんです」

友人によると、かれは医学部を卒業後、大学病院で働いていたが、人間関係のストレスで精神のバランスを崩し、医者を辞めて長らく入院していた。退院後、メンタルのリハビリのためにとフェイスブックをはじめたようだった。いまはかつかつの暮らしのなか、奥さんがかれのことを物心両面で一所懸命支えているのだそうだ。

山本はなんとも言えない複雑な気持ちになった。その同級生は人一倍傷つきやすい神経をもっていたがゆえに、こころの平衡《へいこう》を失ったのだろう。恢復《かいふく》に向かって努力するかれに対して、自分のとった行動は、はたして正しかったのだろうか。

山本は何日もこのことを考えた。

そやけど、こっちも瀬戸際や……。なけなしの年金だけでは食べていかれへん。なんとか作品を早く出版して一冊でも多く売らねばならない。そのために神経をぴりぴりさせ、女房とも毎日バトルを繰りかえしながら、一日一日を這《は》うようにして生きているのだ。病気から立ち直ろうと必死の同級生の気持ちはわかる。が、しかし……。

フェイスブックの投稿を見ていると、個人のアカウントは実名での登録が原則なので、ヘイトスピーチがない。感情的なつまらない言い争いもほとんどない。そういうところは安心だと思った。

自らが手間暇かけてつくった料理、家族の団らん、孫の七五三をお祝いするシーン、自分のヘン顔、美しい桜並木、葦《あし》の生い茂る川景色、掘り出した筍《たけのこ》、朝露に濡《ぬ》れる草花、飼っている犬の可愛い仕草、新緑の名所古刹《こさつ》、自らのゴルフ・スイング姿、友人たちとのBBQパーティー……そこには、だれが見ても「幸せな」光景がアップされていた。

しかし、ひねくれ者の山本には、それぞれがフェイクな幸せ感をわざわざ作りだしているように見えた。

——フェイスブックやなくて、フェイクブックやんか……。

そして思った。どこかCMの世界に似ている、と。

長い間、広告に携《たずさ》わってきた山本には、ユーザーのコミュニケーション・トーンがかれらの若い頃から接してきた広告表現に影響をうけ、知らず識《し》らずのうちに表現が広告化されてしまっているからではないか、と思えた。

政治家、タレントをはじめ、テレビに出てくるコメンテイターなども始終「お客さん《クライアント》」の気持ちを忖度《そんたく》し、「奇妙な明るさ」をまき散らしている。真面目に物事の本質を語るのを照れくさいと思うのか、自意識過剰風に「てへへ」と笑いでごまかす。

フェイスブック・ユーザーもそういう広告表現に感化されて、いかにもな映像を、不自然さをまったく気にせずに出しているのではないか。

広告でおカネをもらって生きてきて、そういうトーン作りに加担してきた自分が、エラソーに言える義理ではないのだけれどと思いながらも、どうしても違和感があった。

「わたしを見て」「ぼくを見て」「おれを見て」

見て、見て、見て、見て、見て、見て——

山本はそれぞれのつぶやきから、とめどなく聞こえてくる声に圧倒された。

山本がひと呼吸おいたとき、毛坊主の南方が、

「そやけど、広告いうのは、『見て、見て、見て』の世界やないんですか。まず、こっちを振り向いてもらわんと、商品に手は伸びませんよね？」

けっして批判がましくなく、素直な物言いでたずねた。

「たしかに……静かでおだやかなクリエイティブを作るにしても、その静謐《せいひつ》さが目立つようにね、ようく考えますからね」

「だれもが自己承認欲求を持っていると思うんですが、それがネットの中ではおもわず強く出るということやないですか？　顔と顔を合わせてるわけやないですし。なんか地下に潜ってる感があるやないですか」

南方が冷静に分析し、キールをひとくち飲んで続けた。

「でも、山本さんご自身、本の宣伝のために始めはったんでしょ？　知名度を上げるためにやってはるんでしょ？　山本さんかて見てほしいんでしょ？」

「はあ……それはそうなんですが……」おもわずうなだれる。

「山本さん。要らんフォローは止《や》めはったらええんです。読みたくない情報はサクサク削除。嫌な人、気色《きしょく》悪い人はブロック。それ、しんどくならないコツですよ」

山本は、そうか、そうすればええんや、と相づちを打ち、

「でも、フェイスブックを始めて良かったと思うこともいっぱいあるんですよ。会社をだいぶ前に退職した先輩から――その人とはちょっとしたことで仲違《なかたが》いしたままやったんやけど――突然友だち申請が来たり、『知り合いかも』というのをスクロールしていくと、大学時代の古い知人の名前が出てきて、おもわずポチッ。それで四十年ぶりに繋がって、旧交を温めたり……」

「ユーザーは四十代以上の人が多いみたいですね。『おとなの社交場』って言われてるそうです。自分も山本さんと同じ経験、ぎょうさんしてますよ」

南方が、笑いながらうなずいた。

「たしかに、距離感のちゃんとわかってる人は多いと思います。でも、こんなこともあっ

たんです」

そう言って、山本が再び話しはじめる。

妻は山本より十歳若く、阪急岡本《おかもと》で生まれ育った神戸ガールだ。ファッショナブルで見た目はじゅうぶん三十代後半で通用する。山本夫妻はともに旅好きで、世界各地におもむき、山本は一眼レフで風景や妻の写真を撮ってきた。

妻もフェイスブックをはじめたが、山本の撮った彼女の写真をアップすると、「なんて美しい人なんでしょう」「こんどお会いしたいです」「お住まいはどちらですか？　遊びに行ってもいいですか」というメッセージとともに友だち申請がたくさん来たのだった。

プロフィールを見ると、みんな男性である。「二度目の独身」「配偶者と死別」と書いている人もいたし、五十代以上の年齢層が多かった。三千人近い友だちを持っていて、そのほとんどが女性という人がいたり、なかにはアラビア語でメッセージを送ってくる人もいた。

――何なんや、これは……？

山本はネット社会の病的な部分を見る気がして、さむけがした。中高年男性の恥じらいのないスケベ心がうごめいているようで、じつにおぞましかった。

それに比べて、自分と同年輩の定年オヤジたちがフェイスブックで日々の暮らしをおもしろおかしく書き、ときに世の中を笑いに包んで批判しているのは、なんて健全な姿だろう。

オヤジたちは一周まわって、ヘンな色気を抜いた少年にもどったようだった。

いくら広告っぽい写真を載せて見せかけの幸せ感を演出していたとしても、それはそれで大人のやさしさで、ええんちゃうの、という気持ちになったのである。

＊　＊　＊

「エロオヤジたちも含めて、みんな、どこか寂しいんですよ」

話を聞き終えた南方が、ぽつりと言った。「ひとは一人で生まれて一人で死んでいくわけやないですか。残り少ない人生を実感する年齢になると、深いところで、どうしようもなく寂しくなるんやと思います」

――さびしい………。

核心をつかれて、山本はドキッとした。

決して口にこそ出さないが、じつは自分だって、そう思っているのだ。

誰が読んでくれるかわからない小説の文章を考えあぐねながら、たそがれどきに一人パソコンに向かっていると、漆黒《しっこく》の宇宙にぽつんと一人取り残されたような、孤独でやるせない思いが込みあげてくる。

「いまのシルバーは、エネルギーがまだいっぱい残ってるでしょ？　ルーティンの仕事がなくなり、余ったエネルギーを使うべきところを探して、冥途《めいど》への道を迷うてはるんですよ。そういう意味では、山本さんはすごく恵まれてるほうやないですか」

――たしかに、そうかもしれへん……。

幸いにも、おれには、いま写真と文章の仕事が来ている。とりあえずの居場所を見つけられた。

山本は小さくうなずき、南方の次の言葉を待った。

「なんとか食べていけるんやったら、生きるための心の支えが大切ですよね。その点、山本さんには〆切りがある。それがええんです」

「……簡単におっしゃいますけど、〆切りが近づくと血圧が上がりまっせ」

南方は、いやいや、と手を振って、

「それって、いい感じのストレスですよ。編集者や読者が、山本さんの書く原稿をじっと待ってくれてはる。そういう支えがないと、人は生きていけませんよ」

「たしかに……」

「誰しもクセってありますやん。貧乏揺すりとか鼻ほじり、髭《ひげ》ぬき。喫煙、飲酒にしてもクセみたいなもんでしょ。でも、じつは、このクセとか習慣というやつは、心の支えになってる、とぼくは思ってるんです」

「……」山本は首をかしげる。

「貧乏揺すりをすることで、少しはその人の精神は安定するでしょう? いま山本さんは毎日原稿を書くのが習慣。フェイスブックをやってるシルバーの方は、書き込みをするにせよしないにせよ、朝起きてまずはスマホを見るのが習慣。でも、習慣やクセは一概《いちがい》に悪いことやない。生きるリズムを作ってくれたり、人間のどうしようもない不安を受けとめてくれることもあると思います」

「ぼく、ダジャレをいうクセもあるんですが……」

「ダジャレは間髪《かんはつ》を入れないスピードが大事ですやん。『墓のない人生は』と言いかけたときに『それは、はかない人生やなあ』と。これもやっぱりリズムですよね。そういう意味で、ダジャレも心の支えになりますよ」

「なるほど。そういう考え方もありますなあ」

山本は飲みかけのジャック・ダニエルのグラスを上げた。

と、溶けかけた氷がころんと高い音をたてた。

「この氷の音——。こうやって会話の間に入ると、なにかリズムができますやん。雑音は無駄なようにみえて無駄やないと思います。ゆうたら、ハンドルの遊びみたいなもんです。言葉も意味だけ追うてると、何かガチガチになって、つまらんです。言葉はメロディーやから、べつに意味がわからんでも喋りのトーンでコミュニケーションが成り立つんやないですか。たとえば、ナンマンダブ——」

南方のその言葉に、カウンターの向こうにいる楠木が反応した。

「法事とか葬式に行って、坊さんが唱えるお経聞いてても、何も意味わからへん。ほんでも、なんや知らん、ありがたいような気持ちになるよなあ」

「もともと南無阿弥陀仏《なむあみだぶつ》やけど、面倒やからナンマンダブになってん。南無阿弥陀仏は、『阿弥陀仏さんにぜんぶおまかせいたします』って意味やけど、ナンマンダブでは意味不明や。でも、あのリズムとメロディーで、何かありがたい気持ちになってくれはる。ナ～ンマ～ンダ～ブは、わたしのクセ、生きるリズムですわ。わたしはこれに支えられて生きてますねん」

いままで考えつきもしなかった南方の発想に、山本は思わずうなった。

——クセ……。生きるリズムが、支えになる……。

入っていた肩の力が、ふっと抜けたような気がした。

ひるがえって、自分はどうだろう？

いま支えになっているのは、毎日撮っている夕日の写真と書いている原稿。それに、スマホでやりとりするフェイスブックのメッセージだ。

「そういえば、太宰治《だざいおさむ》は、『憩える帆は、例外なく汚い』って書いてますよ」

とマロちゃんが話に加わった。「帆は風をはらんでこそ、です。風は、船が走るための支えですもん。山本さんは、いまも風をはらんで走ってはりますよ」

言われた山本は、照れ笑いを浮かべ、坊主頭をうれしそうに掻《か》いた。

「マロちゃん、ええこと言うやんか。よっしゃ、何か一杯おごったげる」と楠木。

「それやったら、わたしも南方さんの飲んでる夕焼け色のカクテルちょうだい」

「じゃ、マロちゃんにはシュワシュワ系を作ろうか」

そう言うと、カシス・リキュールをスパークリングワインで割って、キール・ロワイヤルを素早く作り、マロちゃんの目の前にすっと滑らせた。プチプチと泡の弾《はじ》ける微《かす》かな音がしている。

マロちゃんはグラスを手に取ると、一気に三分の一ほどグイグイ飲んだ。

「マスター。さすがやわあ。いかにも秋らしい、さらっとした風《かぜ》のカクテルやん」

グラスを置いて、楠木手製のマッシュルームのマリネを口に運ぶ。

あまりにおいしそうに酒を飲むマロちゃんの姿に刺激され、

「ぼくも、あと一杯だけもらおうかな」

山本はバックバーを見わたして、宮古島の泡盛・多良川《たらがわ》のオン・ザ・ロックを注文した。

「いいですね。山本さんのオーダー。なんか、一本、筋が通ってますよ」

と言いながら、楠木はオールド・ファッションド・グラスに手際よく、透明な液体を注ぎ入れた。

「筋が通ってる……？」

「ええ、ジャック・ダニエルも多良川も、どっちも硬水で造られてます」

「硬水？」

「石灰岩の土地から湧き出る水で、ミネラル分がたくさん含まれてるんです。宮古島はサンゴ礁が隆起した島やから、水に石灰質が入ってます。そのまま飲むと、けっこうザラッとしてて飲みにくい。でも、なぜかこの硬い水で仕込むと、やわらかな蒸留酒になってるんです」

多良川のオン・ザ・ロックを山本の前に置きながら、硬い水がなんでこんなに優しい酒になるんやろねえ、とあらためて首をひねった。

「沖縄は骨の島。酒の中にも一本しゅっと透きとおった骨が入ってるんですわ。沖縄の人がやさしいのは、死やあの世を身近に感じてるからやないんかな」

と南方が言う。

「そう言われてみると、住宅地の真ん中に亀甲墓《きっこうばか》があるし、お墓の前に集まって、みんなで楽しく宴会もやりますねえ。地獄のような沖縄戦で県民の四分の一も亡くなってますしね」

何度も妻と沖縄を旅した山本はうなずいた。

「オジイオバアやご先祖様が大切にされているから、古酒《クース》の文化があるんやろなあ」

楠木が山本の言葉を引き取ると、山本は窓から見える夕映《ゆうば》えの街を見やりながら、はたと膝を打った。

「沖縄にアコークローという言葉がありましたわ」

「それって、どういう意味ですか？」南方が訊く。

「明《あこ》う暗《くろ》う。昼と夜のあわい。たそがれ時のことやね。もうすぐ夜がやってくるけど、まだほのかに明るい時間」

「逢魔《おうま》が時《とき》ですね……」と楠木。

「たそがれはやさしい時やけど、魔が忍び寄る時分や。人生でいえば、ぼくの年頃がまさに逢魔が時かもしれへん」

すっかり朱色に染まった空を眺め、山本は低い声でつぶやいた。

＊　＊　＊

日が沈み、空にまだ照り映える光を四人は黙って見つめていたが、ややあって南方が口を開いた。

「山本さん。夕日をテーマに写真を撮ってはるんやったら、四天王寺《してんのうじ》に行かはったら、よろしいやん」

「四天王寺、ですか……？」

「春と秋のお彼岸《ひがん》のときに、ちょうど四天王寺の西門から真西に日が沈むんです。西方浄土《さいほうじょうど》を思って日没を見つめる日想観《にっそうかん》という修行があって、四天王寺はその中心地やったんですよ。大昔はあの丘のすぐそばまで海が迫っていたそうです。きっと、それはそれは、きれいな夕日やったでしょう」

「ははあ、四天王寺は浄土への入り口やったんですね」

「あそこから釜ヶ崎のほうに坂を下っていくと、一心寺《いっしんじ》というお寺がありましてね、そこには骨でつくったお骨仏《こつぼとけ》がいらっしゃいます」

「？」

「みんなの遺骨でつくった仏像です。最初は純白なんやけど、だんだん蠟燭《ろうそく》や線香の煤《すす》がついて黒ずんでいくんですわ。いままで二百万人のお骨が、阿弥陀仏のお姿になられています。まさに、仏さまになられたんです。骨の通った山本さんには、ぜひ行っていただきたいです。一心寺からの夕日も、たとえようもなく美しいですよ」

「かならず行かせてもらいますわ。いまのタイミングで南方さんにお目にかかれたのも、二つのお寺の夕日を知ったのも、きっと何かのお導きやろか」

「これぞ、仏縁《ぶつえん》。ナンマンダブ、ナンマンダブ」

「日はまた沈む、ですなあ」

そう言って、山本は泡盛をひとくち飲み、カウンターの向こうのすっかり闇《やみ》に沈んだ堂島川を見つめた。

雨にぬれても

BAR DŌJIMA

午後九時をまわってもお客がひとりも来ない。

——忘年会シーズンも始まったというのに……。

しぐれ模様の堂島川を二日酔いの頭でぼんやり眺めながら、マスターの楠木は小さくため息をついた。

そうでなくても月曜日はお客さんが少ないのに、雨の日と重なってしまった。こんな日は気が滅入《めい》ると、たしかカーペンターズの歌にもあった。

世の中の不景気風は、川に流される笹舟《ささぶね》みたいな小商《こあきな》いの人間にとって、背すじを這《は》い上る冷気のように厳しいものがある。

しかも、今日は飲み過ぎがたたって、身体《からだ》もだるい。

昨夜は何年ぶりかの同窓会でしたたか飲んでしまった。大学を除籍処分になったこんな自分でも仲間に入れてもらえたのがうれしくて、ついつい調子に乗ってしまったのである。

——あかん。いくつになってもガキのままや。

還暦も近いというのに、同じ過《あやま》ちを繰りかえしている自分が情けない。冬空から降ってくる冷たい雨を眺めていると、心身ともにひんやりして、いっそうその感が深くなる。と、大きなくしゃみが二回出た。

風邪やったら、まずい……。

仕事はこのまま休みなく年末に突入していく。二日酔いと風邪引きは、たいてい手を携《たずさ》えてやってくるのだ。早めに手当てをやっておかなければ。クシャミ三回、ルル三錠というではないか。

楠木はちょっとの間、店を閉め、早足で薬局に向かった。

堂島浜《どうじまはま》通りに出て、ANAホテルの角を右に曲がる。

雨にぬれた北新地の道は、店のネオンサインを映《うつ》して、赤や青に美しく彩《いろど》られている。あたたかい街の灯《あか》りは、楠木をちょっと人恋しくさせた。

国産ビール発祥の碑を過ぎてしばらく行くと、スクナヒコナ薬局があった。

秋風の吹く頃《ころ》、やはり飲み過ぎでつらかった日に、たまたまこの薬局でソルマックを買い、ひとりで薬局を切り盛りする女性と親しくなったのである。

薬研麻実《やげんまみ》というその薬剤師は年の頃は三十代半ば。一見もの静かで落ち着きはらっていたが、なにげなく交わす会話はウイットに富んでいた。八重歯《やえば》を見せて笑うと、澄ましているときとまったく別人のように愛くるしかった。

しばらく話すうちに、楠木は麻実のことが気に入った。どこか波長が合ったのである。それ以来、なにか身体の不調があると、すぐさま麻実の店に駆けこむことにしている。

スクナヒコナ薬局は調剤薬局だが、市販の薬や栄養ドリンクも置いてあった。

夕方の五時から朝の五時まで開いているので、北新地に来るお客さんはもちろん、バーテンダーやクラブのホステスなど夜の商売をする人間にとって、じつにありがたい存在だ。

「今日は、どうされたんですか？」

薬局に入ると、白衣を着た薬研麻実がポニーテールを揺らして、にっこり微笑《ほほえ》みながらきれいな標準語で訊《き》いてきた。

小柄な身体にきりっとしたシャープな顔つき。リムレスのオーバルタイプの眼鏡がよく似合っている。

楠木はそんな清潔な印象に好感をもったのだった。薬剤師という仕事はまさに彼女の天職じゃないかと思う。

「なんか、もうひとつ力《ちから》が出えへんねん。二日酔いやと思うんやけど……風邪引いてたらヤバイから、ユンケルとか、何かちょっと元気になるもんあるかなぁ？」

「ユンケルもいろいろ種類ありますけど……」

麻実は顎《あご》に手をやって、ちょっと考え、

「これ、どうです? 今日のマスターみたいに疲れきってるときにいいですよ」

そう言うと、キヨーレオピンの小さなボトルを棚から取りだした。

「あ、それ、飲んだことあるよ。ニンニクの抽出液か何か入ってるやつやんねえ」

「はい。うちは、これ、ボトルキープやってるんです」

麻実は薬棚の奥を指し示す。

「ボトルキープ?」

思わず声を裏返らせて首をめぐらすと、隅のほうにキヨーレオピンがずらっと並んでいる。

いままで何度か来ていたが、パッと来てソルマックを飲んですぐ帰るので、まったく気づいていなかった。

「ほんまや。薬のキープなんて初めて見たわ」

おもわず眼《め》をみはった。

「夜、からだを張って働いてらっしゃる方に人気なんです。気軽にうちに寄ってもらって、カプセル一個とか二個飲んでいかれるんですよ」

「ほう。それは、ええねえ」

バーテンダーがお客さんの前で、キヨーレオピンの液体をカプセルに入れて飲むわけにはいかない。そんな姿を見せるのは失礼だし、品がない。

「じゃ、マスターもキープされますか？」

「そやね」

楠木はさっそくカプセルを三個飲み、残りは棚に置いてもらった。

なんだか飲んだだけで、すぐ元気が出てくるような錯覚をおぼえる。

——イワシの頭も信心から……。

お祖母《ばあ》ちゃんがよう言うとったなあ。ほんまにおれはすぐ暗示にかけられてしまう。アホの典型やで。しかし、キヨーレオピン飲んだら、なんや知らん、お腹《なか》の底から元気がふつふつと湧《わ》いてきたような気がする。

「楠木さん、バーをされてらっしゃるんですよね？」

麻実が白い華奢《きゃしゃ》な首をかたむけて、あらためて訊いてきた。

「うん。堂島浜通りに面した『バー堂島』っていう路面店。いっぺんおいでよ。いちおう年中無休でやってるよ」

「前から行きたいなあと思ってはいたんですが、なかなかタイミング合わなくて。わたし、お酒、とくにリキュールが好きなんです。リキュールって昔の西洋では薬だったんですよね？　お酒でもあり薬でもあるっていう両義性《りょうぎせい》っていうのかな、ダブルバインドっていうのかな、矛盾を内包している存在にとっても惹《ひ》かれるんです」

両義性？　ダブルバインド？　矛盾を内包？

えらい難しい言葉、使うんねんなあ。おれにはあんまりわからへん。

「ま、そうやな。お酒は諸刃《もろは》の剣《つるぎ》やもんな。あるときは百薬《ひゃくやく》の長《ちょう》、またあるときは魔物にもなる」

「そこのところが、いかにも人間的でおもしろいんです。そういう光と影をもったひとってなんだか素敵じゃないですか」

きれいな東京アクセントで言うと、麻実はかすかに潤んだ眼差《まなざ》しをまっすぐ楠木に向けてきた。

「いや、ま、それはそうなんやけど」

ちょっとたじろいだが、女性から好意をもたれるのは嫌ではない。

「遊びにきたらええやん、うちの店に」

「日曜は、お店、開いてるんですか？」

「うん。貧乏ヒマなしや」

「わたし、こう見えて、カレー作るの、わりと上手《うま》いんですよ。ハーブやスパイスをいーっぱい入れて長時間煮込んじゃうんです」

「身体によさそうやねえ。そうかあ、リキュールとか好きやもんね」

はい、と麻実はこっくりうなずき、

「インドやバリ島も好きで、何度か旅をしました。混沌《カオス》の中からアートが生まれてくる感覚っていうんですか、そういうのが、わたし、しっくりくるんです。カレーは何かそこに通底《つうてい》するものがあるんじゃないかって。ほら、ブッダが言った『泥の中に蓮《はす》は花を開く』でしたっけ？　猥雑《わいざつ》なものがあるがゆえに、美しいものが生まれるんですよねぇ」

可愛《かわい》らしく小首をかしげて同意を求めてきた。

――通底……。猥雑……。わいせつやったら、わかんねんけど……。またまたむずかしい言葉を使うねんなあ。

と思ったが、一瞬、頭の中に何かがひらめいた。

楠木は、そや、と手を拍《う》ち、

「お得意のカレーを作ってきてもらって、うちでカレー忘年会やろうよ。うちのお客さん、けっこうカレー好きなひと多いし」

「ほんとですか？」

「うん。やろう、やろう。カレーって、じつはお酒にも合うねん」

店で一時、楠木手製のカレーをオンメニューしていたことがあったが、これはかなりの人気アイテムだった。ただ、作るのがめんどくさくなって、止《や》めていたのだ。

そのころは、まず最初にカレーを食べて腹ごしらえしてから、腰を据《す》えて飲むというお客さんもいた。

「ひとに食べてもらえると思うと、なんだかすっごくやる気になります。でも……プロのお店で、アマチュアのわたしのカレーなんて、いいんですか？」

「それだけスパイス好きで、『カレー作るの、わりと上手』って自分で言うてんねんから、きっと味に間違いはないやろ。これ、ぼくの直感」

麻実はいちおう照れながらも、自信たっぷりの笑顔をみせた。

「再来週の日曜日の夕方って、どう？」

楠木が訊《き》くと、麻実は一も二もなく承知した。

「じゃ、また、ラインで連絡するわ」

そう言って、楠木はさらにユンケルを三本買って、雨にぬれた北新地の道に出た。

＊　＊　＊

十二月半ば、日曜日の夕方。

霧のような雨が音もなく降りつづけ、堂島の街をしっとりと煙らせている。エアコンをつけてもなかなか室温は上がらない。ポインセチアが明るい赤と緑の彩りを添えてくれているが、バーの中には底冷たい空気がよどんでいた。

薬研麻実は持参したインド・ウイスキー「マクダウェルズ」のオン・ザ・ロックを前に、バックバーに置かれたボトルの塵《ちり》を払う楠木の姿を見つめている。麻実自慢のカレーは奥のコンロにかけられ、弱火でことことと温められていた。

「お久しぶりっす！」

明るく元気のいい声がした。

重い木製扉を開いて入ってきたのは、大阪の実力派ブルースマン、星川凜太郎《ほしかわりんたろう》である。ハンチング帽をかぶり、安物の革ジャンにチェックのネルシャツ、ぼろぼろのコーデュロイ・パンツをはき、足もとはアディダスのスニーカーだ。

おっ、と楠木が振り返り、壁にかかった年代物の時計をあおぎ見た。

「五時ちょうどやんか」

「すごいでしょ。時間だけは正確なんですわ」

ニカッと笑って、得意げに胸を張った。そうして、麻実の方に向き直り、

「ご挨拶《あいさつ》遅くなりましたぁ」

ハンチングをとってぺこりと頭をさげると、白髪まじりの長めの髪がぶわんと揺れる。頭のてっぺんが禿《は》げかかってるのは、酒と煙草《タバコ》と不規則な生活のせいだろう。

互いの自己紹介を済ませると、星川はどこに座ろうかと目を泳がせ、カウンターのいちばん奥、左端のスツールに腰を下ろした。

「えーと、あの……麻実ちゃんと呼んで、ええんですか？」

星川が珍しく丁寧な言葉づかいで訊いた。

「なんか凜太郎ちゃんの丁寧語聞いてると、お尻《しり》の穴、こしょばなってくるわ。頼むから普段通りにやってや」

楠木が突っ込むと、麻実も品よく微笑んでうなずいた。

星川はミュージシャンだが、FMなにわの深夜音楽番組「大阪の夜は真《ま》っ青《さお》」に出演している。毎週金曜日の深夜、大阪のブルースやソウルを中心に、レゲエ、ワールドミュージックなどを紹介しながら、ぶっちゃけ生トークをするコーナーだ。

番組のメインDJはイギリス・リバプール生まれのボビー・ギャラガーで、月曜から金曜まで、電話リクエストの生放送をこなしている。

知性派のボビーと飄々《ひょうひょう》とした笑いをかもす星川との絶妙のコラボが人気を呼び、関西のラジオ番組の中ではバツグンの聴取率《ちょうしゅりつ》を誇っている。

メインリスナーは、青春時代にヤングリクエストやヤングタウン、走れ歌謡曲、ラジオ関西の電リクなど、良質なラジオ番組で育ってきた高齢層で、政治家やクライアントに忖《そん》度《たく》しない星川のぶっちゃけトークは、「これぞ、待ちに待ったラジオ番組だ」と圧倒的な支持を得ていた。

星川はボブ・ディランがアメリカでもっていた自分のラジオ番組をそのまま流したこともあったし、キース・リチャーズの単独インタビューを流したこともあった。

そんなクリエイティブな構成が高く評価され、いまや若いリスナーもどんどん増えているのだった。

「で、最初の一杯、どないしょう?」

楠木が訊くと、

「ほな、アーリー。まずは、オン・ザ・ロック。ダブルで」

「よっしゃ」

楠木はデュラレックスのざっくりしたロックグラスを取り出し、そこに大きめの氷をころん。アーリータイムスをとくとくと注《そそ》いで、カウンターの向こうから星川の前にすっと滑らせた。

「おおきに」

言い終わらぬうちに星川はグラスを持ちあげ、赤みを帯びた琥珀《こはく》色の液体をのどを反らせて飲んだ。

目をつむって美味《うま》そうにバーボンを飲むその姿が、じつにいい。

——バーボンは、こうやないとあかん。

心の中でうなずきながら、ジャイアント・コーンを器にざざっと入れる。

星川はロックグラスを置くと、手の甲で口をぬぐった。

「トウモロコシのお酒にはトウモロコシ。葡萄《ぶどう》のお酒には葡萄。これ、基本のルールやね。ご先祖さまが一緒やねんから、不味《まず》いはず、あらへん」

無精髭《ぶしょうひげ》をぽつぽつ生やした顔に満面の笑みを浮かべ、大きな窓にびっしりついた細かい雨の滴《しずく》を見つめた。

楠木も窓のほうを振り返り、

「大阪は、雨がええなあ……『雨の御堂筋』『大阪しぐれ』『梅田からナンバまで』……なぜか大阪の歌には雨が似合《にお》うてんねん」

しみじみと言う。

「きっと、大阪のしっとりとした情と雨が重なるんですよ」

麻実が、星川の言葉をひきとった。

「上手《うま》いこと言うねえ」

星川が感心して、「で、麻実ちゃん、生まれはどこなん？」

「大阪です。道修町《どしょうまち》」

ほら、そこの、と堂島川の向こうを指さした。

「え？　ぜんぜん大阪弁とちゃうやん。アクセントかて完璧《かんぺき》、東京やん」

「そうですかぁ」

満更《まんざら》でもない顔をした。

「道修町いうたら、薬の町やん。それに、薬研って苗字《みようじ》に、麻の実って名前やろ。これ、できすぎやろ」

星川は笑いながらズバズバ言った。

カウンターの向こうで楠木はアーリータイムスのボトルを布で拭《ぬぐ》いながら、ちょっとハラハラしている。

「曾祖父《そうそふ》が道修町で薬種《やくしゅ》問屋をやっていたんです」

「それって、どんな仕事なん？」

「漢方薬とか和漢薬の原料を扱っていたそうです。ほかには葡萄酒やウイスキー、リキュールなどの洋酒、缶詰なんかも商（あきな）っていたみたいです。きっと当時は、洋酒や缶詰ってハイカラだったんでしょうね。そんなこんなで、父はオオクニ薬局チェーンを経営してるんです」

「えっ？　オオクニ薬局？」素《す》っ頓狂《とんきょう》な声をだした。「根っからのお薬屋さんやん。しかも、ごっついお嬢さんやんかぁ」

そうして持ち前のやわらかいトークで、星川は麻実のことを根掘り葉掘り訊きはじめた。最初は言いよどんでいた麻実だったが、星川は上げたり下げたり、笑わせたりしんみりさせたりしながら、いままでのキャリアを上手に聞き出していった。

それによると――。

麻実は資産家のひとりっ子として生まれ、両親から寵愛《ちょうあい》を受け、三人のお手伝いさんに囲まれて、何不自由なく育った。

中学からは東京の有名私立校に行き、マンション暮らしをしながら、東京大学薬学部に進学。カリフォルニア大学の大学院を卒業したという。

帰国後は大手製薬会社タカダ薬品の研究所に勤めるも、自ら希望して営業の最前線に異動。やがてトップセールスになったが、オオクニ薬局の後継者と目《もく》される自分の将来を見すえ、三年前に会社を退職したのだそうだ。

まずはひとりで薬局経営にトライしようと、生まれ故郷の大阪で店舗を物色《ぶっしょく》するうち、夜の街に薬局が少ないことに気づいた。その矢先、新宿歌舞伎町《かぶきちょう》で深夜営業する薬局があることもたまたま知った。

「これはおもしろい。わたしもやってみよう」

そう思った麻実は歌舞伎町の薬局にならって、北新地のど真ん中で営業をはじめることにしたのだった。

語りおえると、麻実はひとくちインド・ウイスキーを飲んで、のどを潤《うるお》した。

「お薬とお酒って双子《ふたご》のきょうだいみたいですよね。お酒のことを知れば知るほど、リキュールに惹かれるんです」

「今日のカレーって薬剤師の麻実ちゃんがつくったから、もちろん薬膳《やくぜん》カレーなんやろ?」星川が訊く。

いいえ、と麻実は小さく首を振った。

「わたしにとって、カレーそれ自体が、薬膳なんです。なので、薬膳カレーなんて言葉は使いません。同義反復《どうぎはんぷく》のような気がするんです」

——また、こむずかしい言葉を……。

と楠木はちょっと眉《まゆ》をくもらせる。

「カレーに使われるスパイス、たとえば、クミンは健胃薬《けんいやく》ですし、カルダモンには整腸作用があります。シナモンは身体をあたためてくれますし、クローブには殺菌防腐や鎮痛作用があります。オールスパイスは消化促進、コリアンダーにはデトックス効果……カレーに入っているスパイスについて語りだしたらキリがありません」

――もうそれ以上、語らんでええよ……。

聞いてるだけで、訳《わけ》がわからなくなりそうだ。

「日本の老若男女、ほとんどの人がカレー好きやもんな」

星川は愛想笑いを浮かべて、麻実の話をやわらかくうけた。

「少なくとも、ぼくはインド風でもタイ風でも、インドネシア風でも、お母ちゃんのつくってくれたS&Bのゴールデンカレーでも、札幌《さっぽろ》のスープカレーでも、すべてのカレーが好きやねん。あの色とにおいが、また、食欲をそそるんやもん」

そう言うと、ぼくものど渇いたわぁ、とアーリータイムスにソーダ水を足してもらうよう、楠木にグラスを差し出した。

麻実はリムレスの眼鏡を指先で押し上げ、

「あの黄色はターメリック、つまり鬱金《うこん》の色です。いま、沖縄のウコンが人気ですよね。

適度に摂取してるぶんには肝臓によいので、飲み助にはたいせいつなハーブ。二日酔いにもってこいです。泡盛を飲む人がよくウコンの錠剤を飲んでますよね。ですから、こういうカレーパーティーでお酒が出てもぜんぜん大丈夫なんですよ」

高校の先生のような顔になり、生徒を教え育《はぐく》む笑みをこぼした。

「なんか、麻実ちゃんとカレーの話してたら、インド系の音楽、むしょうに聴きたなってきたなぁ。そや、マスター、久しぶりにジョージ・ハリスンの『ウィズイン・ユー・ウィズアウト・ユー』聴かせてよ」

「ビートルズの『サージェント・ペパーズ・ロンリー・ハーツ・クラブ・バンド』B面の一曲目やね」

楠木はレコード・プレイヤーに赤いビニール盤のLPを載せ、慎重に針を下ろした。

最近レコードだけを聴かせる店に行き、あらためてアナログの音の心地よさを認識した楠木が、自室で埃《ほこり》をかぶっていたプレイヤーを店まで持ってきてセッティングしたのだ。

「ジョージってひと、ラビ・シャンカールのお弟子さんでしたっけ？」

麻実が訊くと、星川がのけぞった。

「ジョージってひと……？」

「それ、順番、逆やん。フッーは『ラビ・シャンカールってジョージのシタールの先生でしたっけ』って訊くよ」

　さすがにマスターの楠木も口をはさんできた。

「わたし、ビートルズってあまり関心ないんです。真剣に聴いたこともないし。メジャーなものにあんまり興味なくって。でも、ノラ・ジョーンズは好きですよ。ラビ・シャンカールの娘さんですもん」

「はあ……そういうもんかなあ……」

　音楽の原体験がビートルズであり、自らの基本をつくってもらったと日頃から話す星川は目をぱちぱちさせた。

　そうするうちにシタールやタブラの音にのってジョージの声が聞こえてきて、バー堂島の空間はいきなりインドっぽくなった。

　楠木は麻実の作ってきたタンドリーチキンをレンジでチンして、皿に盛り、星川と麻実の前に置いた。

「これは、やっぱり、生ビールやな」

　星川がつぶやくと、楠木は生ビールサーバーを手際よく操作し、ハイネケンのドラフトを注いだ。

　クリームのようなきめ細かい泡が、淡い黄金色の液体にふんわり載っている。

星川はごくりとのどを鳴らし、ピルスナーグラスに手を伸ばした。ひと息に三分の一ほど飲む。そうして、上唇にビールの泡をつけたまま、チキンの骨の部分を持って、そのまがぶりとやった。

麻実は、星川の野性的な食欲に目を細め、

「うれしいっ。タンドリーチキンは、やっぱり手で食べてほしいんです。インド人の前で、ナイフとフォークで食べると、きっと、おにぎりをお箸《はし》で食べてるみたいに思われます」

「うまいこと言うなあ」

そう言って、楠木も自分用に注《そそ》いだ生ビールに口をつけ、

「そうや、麻実ちゃん。薬の目線で考えると――ビールって感染症から身を守るために広まっていったのって、知ってる?」

「え? そうなんですか?」

「昔、ヨーロッパでペストやコレラが大流行した頃、生水を飲むのって、めっちゃヤバかったやんか。でも、ビールは安全やった」

「水を煮沸《しゃふつ》して造るからですか?」

「その通り。ビールって修道院《しゅうどういん》で造られてたんやけど、修道士たちは感染症予防のために人びとにビールを飲むことを勧《すす》めたらしい。そやから、ベルギーにはいまも、修道院《トラピスト》ビー

ルってジャンルがあるねん」

「わあっ。飲んでみたーい」

「と、来るかと思って、今日は、麻実ちゃんのために用意しときました」

楠木はニコッと笑って、冷蔵庫からペリエのようなボトルシェイプの茶色い小瓶を出し、麻実の目の前で脚つきグラスに注いであげる。濃い琥珀《こはく》色の液体はいかにもコクがありそうだ。ラベルにはORVAL（オルヴァル）と書かれている。

ひとくち飲んだ麻実は、

「ホップが効いてて、すっごく爽《さわ》やかな苦みがある。見た目よりずっとドライですね。これ、いくらでも飲めそう。甘み、苦み、酸味のまさに三位一体《さんみいったい》。さすがトラピストビールっていうくらいね」

「ホップも、もともとは腐りにくくするために使ってたハーブの一つや」

「そっかぁ。ここでもハーブが関《かか》わってくるんですね」

「もともとビールにはペパーミントとか月桂樹《げっけいじゅ》とか、ハーブやスパイスをぎょうさん漬けてたんやでえ」

「なんでまた？」

「醸造するときに増える雑菌《ざっきん》をおさえるために使《つこ》たんや。ホップもそのジャンルの一つやったんやけど、たまたま一番香りも良くて、美味《おい》しかったんやろなあ」

「へえーっ。お酒ってもともとハーブやスパイスと深い関係があるんですねえ」

麻実は感心して、楠木の話に聞き入った。

「ベルギーを旅したとき、このオルヴァルの修道院を訪ねたことがあるねんけど。修道士さんたちは、市販してるこのオルヴァルよりも少し度数の低いビールを一日に二本飲めるって言うてたよ。お昼と晩ご飯のときに飲むそうや」

「すごいですね。なんだか中世からの歴史を感じます。さすがヨーロッパはそんな歴史が脈々と受け継がれてるんですね。やっぱり、お酒はお薬だったんだなあ」

麻実はグラスを持ちあげ、愛《いと》おしそうにビールの液体を見つめると、目を細めた。

＊　＊　＊

しめやかな雨音を縫うように、堂島川の向こう岸からカラスの鳴き声がこちらに渡ってきた。

麻実は不安そうに、びくりとする。

「闇夜《やみよ》にカラス。なんと不吉な……」

星川は視線を宙に泳がせ、そう呟《つぶや》いたが、言葉とは裏腹に顔をほころばせて、美味《うま》そうに生ビールを飲み干した。

と、軋《きし》んだ音をたててバー堂島の扉がゆっくり開き、若い女性と爺《じい》さんが連れ立ってあらわれた。

「お、カナちゃん。めずらしく遅かったね」

楠木が声をかけてきた。

「ごめん、ごめん。オジイがカラスとお喋《しゃべ》りしながら歩くからよー、難儀《なんぎ》したさぁ。おかげで、地下鉄降りてから、すんごい時間かかってしまったわけさぁ」

マニッシュ・ショートの栗《くり》色の髪を揺らし、人なつっこい笑みを浮かべ、ぺこりと頭を下げたのは、スイミング・インストラクターの上原《うえはら》カナだ。

祖父母の時代に沖縄からやってきた大阪沖縄人《ウチナーンチユ》三世である。

五つ並んだスツールの真ん中にひょいと座り、ハイビスカスの花模様の派手なハンカチで顔や洋服についた雨の滴《しずく》をぬぐっている。一年中室内プールにいるから、肌がぬけるように白い。

カナとともに入ってきた爺さんは身長も高く、背すじもすっと伸びている。

しかも黒い帽子に、黒コート、黒いスーツに黒いシャツ、そして黒のウイングチップ。

全身黒ずくめの格好だ。帽子をとると、銀白の髪が美しい。

爺さんはカナの左横に鷹揚《おうよう》に腰かけて、大きな目を瞬《またた》かせた。少し八の字になった眉もシルバーだ。

まるで一本の古木《こぼく》が人間の姿になって静かに座っているようだ、と楠木は思った。

「わたしの母方の祖父で唄者《うたしゃ》やねん。先週、沖縄のコザから遊びに来て、うちにずっと泊まっててね、毎日ふらふら歩きまわってるんよ。ほんま、徘徊《はいかい》老人なんやから」

そう言ってカナは祖父をみんなに紹介し、挨拶を交わした。

林哲《りんてつ》オジイは、はにかんだ顔をして、

「煙草、吸っていいかね?」

ささやくような声でたずねた。「最近、どこもかしこも禁煙だから、ちゃんと訊かねば、まずいさね」

「うちは大丈夫です。どうぞ、どうぞ」

楠木が微笑みながら言うと、オジイはホッとした表情になり、シャツのポケットからクシャクシャになったキャメルを取り出した。

星川が右横に座ったオジイをまじまじと見つめ、口から泡を噴きだしそうな顔をした。

「お、お」

言葉にならない言葉を叫んでいる。

「どないしたんや。凛太郎ちゃん、大丈夫か？」

楠木が身を乗りだした。

カナも林哲オジイも星川の様子がおかしいので怪訝《けげん》な顔を向ける。

「あ、あの、えーと、えと、あの有名な嘉手川《かでかわ》林哲さん、でいらっしゃいますか？」

せき込むように星川が訊いた。

「いや」

オジイは迷惑そうに首を振った。

「そっくりだから、よく間違えられて困るんだ。ぼくは、林哲の双子の弟だよ」

飄然《ひょうぜん》とこたえる。

「まーた、オジイは冗談ばっかり言うて」

カナが林哲の肩を軽くはたき、「双子の弟なんておらんさぁ」と大きな口をあけて笑った。

「やっぱり、そうでしたか！」

星川は感無量の表情で、アイドルに会った女の子のように瞳《ひとみ》をキラキラさせて林哲オジイを見つめた。

嘉手川林哲——。

齢《よわい》九十を超える沖縄音楽界のレジェンドである。戦前から戦後、そして現在にいたるまでずっと第一線で活躍し、その歌三線《うたさんしん》はオキナワン・ブルースとも呼ばれ、グラミー賞に何度もノミネートされている。

沖縄音楽を敬愛するブルース・ミュージシャン星川凜太郎にとって、嘉手川林哲はロバート・ジョンソンやマディ・ウォーターズ、ハウリン・ウルフと並ぶ、まさに神話的存在だ。

しかし、風狂《ふうきょう》の詩人・林哲オジイは、他人からどう思われるかなど、まるで眼中にない。風のように自由気ままに世界を旅して、三線を弾き、歌い、飲み、鳥と遊ぶのである。

「え？　あの林哲さんなんですか？」

麻実も驚いている。

ロックやポップスにはほとんど興味のない麻実だが、ワールドミュージックは大好きで、インドやバリ島の音楽はもちろん、沖縄音楽についても造詣《ぞうけい》が深い。

林哲オジイは麻実の呼びかけが聞こえたのか聞こえなかったのか、それにはまったく反応せず、

「カラスのウイスキー、もらえるかい？」

楠木に向かってオーダーした。

バックバーを見わたし、カラスのイラストが描かれたオールドクロウというバーボンを取りだした楠木は、どういう飲み方にするかと目で問うた。

「まっすぐ」

林哲オジイ、飄々《ひょうひょう》とこたえた。

「ストレート、ですね。かしこまりました」

楠木は手早くウイスキーを注ぐと、林哲オジイの前にショットグラスを音もなく滑らせた。

オジイはグラスに手を伸ばし、クッとひと息に飲み干す。そうして、すぐさま、空《から》のグラスを楠木に差し出した。

表情はまったく変わらない。

そのやりとりを何度か繰りかえし、林哲オジイはようやく口を開いた。

「ここのカラスは、上等さあ」

そのときバー堂島の窓の外で、バサバサッと羽ばたく音と、カラスの大きな鳴き声が聞こえてきた。

「あいつら、おしゃべりなのさ。寂しがり屋なんだよ。さっきもぼくにいろいろこぼしていたんだ。まだ、話し足りんのかもしれん」

林哲オジイの舌はバーボンのおかげで滑らかになっている。

「東京じゃ生ゴミが出てて、餌《えさ》をたくさんつっけるのに、ここは夜中にゴミ収集するもんだから食べものが足りん、と嘆いていたよ。なんというても、生きることは食うことやからね。ぼくは食う物に困って生きてきたから、カラスの気持ちはようくわかるさ」

麻実はくすっと笑い、一つおいて左手に座るカナに、

「お祖父《じい》さまって、ほんとにカラスとお話できるんですか？」

半信半疑の様子で訊いた。

「うん。子どもの頃からずっと喋ってきたみたい。ほら、姿かたちも、見るからにカラスやん？」

平然とこたえ、楠木に向かって、何かバーボンベースのちょっと甘めのカクテルちょうだい、とオーダーした。

麻実は林哲オジイをつくづく見て、

「たしかに……。映画監督のジム・ジャームッシュがお年を召せば、こうなるかしら」

林哲オジイは麻実の言葉はいっこうに耳に入らぬようだ。カウンターの目の前に立つ楠木に向かって、ひょいと声をかけた。

「今日はおいしいカレーが食べられるというんで来たんだが、カレーはまだかい？」

「お楽しみは、もう少しあとで」

楠木が微笑んだ。

「そうか。じゃ、カレーの食前酒に、ジン・トニックもらおうかね」

「かしこまりました」

うなずいて、さっそくタンブラーを用意しはじめる。

「ま。お祖父さま。お洒落《しゃれ》ですわね」

麻実がしつこくオジイに声をかけてくる。

「うむ。ロンドンでライブやった後、カレーを食ったさぁ」

林哲はやっと麻実に顔を向けた。

「ジン・トニックをあわせたら、でーじ美味《とてもうま》かったわけさね」

「ロンドンでライブ……？」

麻実は言葉につまった。

まさかこんな爺さんがロンドンでライブをやるとは思っていなかったのだろう。

「ロンドンはジンの街さぁ」

そう言って、うまそうに紫煙《しえん》をくゆらせた。

「さすが林哲さん。言葉がええなあ。やっぱり吟遊詩人《ぎんゆう》やわ」

カウンターの左端に座った星川が、おもわずうなった。

「ロンドンでいちばんおいしかったのは、インド料理だったさ。みんなシンプソンズのローストビーフがどうのこうのなんて言うが、ぼくは大して感動もせんかったよ。あれならスーチカー（豚バラの塩漬け）やチラガー（豚の顔皮のスモーク）の方がずっと美味いさ」

と煙草《タバコ》の煙ごしに林哲オジイは麻実に語りかけた。

「そういえば、孫が那覇《なは》でホストをやっておったんだが、いま、ロンドンにおる。夜の仕事はつらいと言うて、あっちに渡って、レコーディングエンジニアの勉強しているさ。アビーロード・スタジオで働くのが夢やと言うてね」

「お孫さん、ホストされてたんですか？」

麻実は驚いて訊きなおした。

「孫は、ぼくとは似ても似つかぬイケメンでね。ジャニーズ事務所からもスカウトが来たんだが、断ったさ。やしが《しかし》、ホストは心身ともに疲れると言うてたよ」

「わたしの友だちのホストは三年前にはシュッとしたハンサム・ガイだったんですけど、どんどん太っちゃってて……。毎日お酒を飲まなくちゃなんないし、睡眠時間も短いし、ストレスがものすごく溜《た》まるって」

「あんたの店にはよく来るのかね？」

「ええ。でも、この三カ月ほどは一度も……」

ちょっと沈んだ声になった。

麻実が言うには、かれはかつて店のナンバーワン・ホストだったそうだ。

しかし運動不足と昼夜逆転の生活、過度の飲酒や深夜の焼き肉などがたたって、ぶくぶく太っていったそうだ。

売れっ子の頃は、月三百万円稼ぐこともざらで、後輩たちを引きつれては北新地を闊歩《かっぽ》し、連日連夜、高級シャンパンを飲み、湯水のようにおカネを使っていたという。

ところが、太ったことでお客は離れ、ナンバーワンの地位からあっけなく転落。若い男の子たちがかれにとって代わるようになり、ついに後輩の経営する店で雇われることになってしまった。

いまは誰《だれ》よりも早く店に入り、掃除をして、後輩たちが揃《そろ》うのを待つという屈辱的な立場に追い込まれてしまったそうだ。

薬局に足繁《あししげ》くやってきては、あれこれと愚痴をこぼすようになったのは、その頃からだ。

気分の浮き沈みが激しく、躁《そう》状態のときは唾《つば》をとばしてしゃべり散らし、軽い鬱《うつ》状態のときは、目の焦点が定まらず、むっつりとして言葉少なになった。

麻実はフロイトやユング、アドラー、河合隼雄《かわいはやお》をはじめ精神分析やカウンセリング関係の本を片っ端から読んで、無意識の世界や精神病理のことを勉強し、いまや落ちぶれてしまったナンバーワン・ホストの、こころの薬剤師のような存在になれないだろうかと思った。

そうして、学生時代に戻ったかのように寝る間も惜しんで本を読み、学べるだけ学んだ。その甲斐《かい》もあり、ホストのかれは薬局に来て麻実と話すうち、徐々に表情をやわらげ、ホッと肩の力を抜いて帰っていくことが増えていったという。

うわさを聞きつけ、精神のバランスを崩したホステスたちも麻実に心身の悩みを打ち明け、相談に乗ってもらおうとやって来るようになったそうだ。

もちろん麻実はそうした「カウンセリング」をしておカネを取るわけではなかった。なので、悩めるひとたちはお礼の気持ちを込めて、リポビタンDやチオビタ・ドリンクを「これ、お客さんにプレゼントするねん」と余計に買ってくれたり、キヨーレオピンを何本もキープしてくれたのである。そして、いつしか麻実は、「わたし、北新地の癒《いや》し人になっているのかもしれない」とちょっと誇らしく思うようになっていた。

ところが、最近、かれらが、とんとやって来ない……。

悩みを抱えてあれほど頻繁《ひんぱん》にやってきた男女が、どうしてぱったり来なくなったのか、麻実はまったく腑《ふ》に落ちなかった。

みんながみんな、悩みを解決してハッピーになったとは思えない。いったい何があったんだろう……。

楠木は10オンスの超薄手《ちょううすで》のタンブラーに大きめの角氷を二個入れてステアし、生ライムジュースを注ぎ、冷凍庫に入れておいたタンカレーのナンバーテンを入れる。フィーバーツリーのトニックウォーターでサッとグラスを満たし、軽くステア――。

自信に満ちた手さばきで、カウンターにジン・トニックを滑らせた。

半眼《はんがん》になって麻実の話を聞いていた林哲オジイが、一瞬、目を見開いた。

「ええ音や」

炭酸のはじける小気味よい音にじっと耳を澄ます。「なんと言うても、酒の気配がええ」

「ありがとうございます」

楠木が頭を下げる。

そこには、ライターの岸田と対面したときとは別人のような、一ミリもぶれないマスターが立っていた。

長い腕を伸ばしてグラスを握った林哲オジイは、間髪《かんはつ》を入れず、まるでソーダ水のようにごくごくとジン・トニックを飲んだ。

「苦みがちゃんとしてる。トニックウォーターが違うんだろ?」

「おっしゃる通りです。キナの抽出物《ちゅうしゅつぶつ》の入ったトニックウォーターで作っています」

と楠木が顔をほころばせる。

「ロンドンで飲んだのと同じ味さ。日本ではちゃんとしたもので作ってくれる店は少ないさぁ」

「ちゃんとした……?」

麻実が首をかしげて訊いてきた。

「トニックウォーターって、もともとインドでマラリア予防のために飲まれるようになったらしいよ」

カウンターの向こうから楠木が言った。「キニーネって成分が——キナって樹《き》の皮に入ってるんやけど——マラリアの特効薬やったんや。本来はそのキニーネを炭酸水に入れてトニックウォーターを作るねん。いろいろあって、日本のには入ってないんやけど、いま使ったフィーバーツリーには入ってる。林哲さんはそのことを言うてはるねん」

「キニーネが入ってるなんて、ぜんぜん知らなかったわ。本来、トニックウォーターってお薬なんですね。じゃあ、わたしも飲もっかなあ」

かしこまりました、と楠木は冷凍庫からジンを取り出しつつ、

「そうそう。ベースのジンも、もともとはマラリアやチフスの薬としてオランダで生まれたらしいよ。解熱《げねつ》や利尿作用のある薬用酒やったそうや。普通に飲んでもおいしいから、もっぱらお酒として飲まれるようになったんやけど」

「やっぱりお酒とお薬って双子のきょうだいなんですね」

「バーテンダーも麻実ちゃんと同じ。夜の薬剤師《おんな》やね」

そう言うと、楠木は流れるような手さばきでジン・トニックを作った。

＊　＊　＊

上原カナはバーボンをジンジャーエールで割ったカクテルをゆっくり飲んでいたが、楠木と麻実のやりとりに反応し、

「すみません。不躾《ぶしつけ》なんですけど……」

と右手に座る麻実に向かって口を開いた。

「夜の薬剤師の仕事って、何が一番楽しいんですかぁ？」

「うーん……一番というのは、むずかしいなあ……」

麻実は腕を組んで、じっと考えこんだ。

「……やっぱり、人助けってことかな。シンプルに、自分が誰かのために役立ってるって感覚だと思う。たぶん」

「シンプルって難しいですよね。わたしなんかも、泳げない人に泳げるようになってもらう単純な仕事やけど、めっちゃ迷って、いろいろ考えますもん」

「カクテルかてジン・トニックみたいなシンプルなんは難しいよ。ねえ、マスター？」と星川が言葉を継いだ。

「そやねえ……。そのお酒への愛情とか技量とか、バーテンダーのありようがはっきり出てしまうからね」

グラスを磨きながら、楠木が応じる。

「バーも同じだと思うんですが……わたしの場合、お客さんが薬局に入られたときに寄っていた眉間《みけん》の皺《しわ》が、帰られるときに消えているのを見る。それがうれしいんです。お客さんのお話を一所懸命聞いて、わたしなりに勉強して、アドバイスしてあげるのも、そのためだけです」

「アドバイスしてあげる……？」

林哲オジイはタンブラーを持ったまま、怪訝《けげん》な顔をした。

「ええ」麻実は胸をそらせるようにして、

「わたしにできることは何でもやってあげたいんです。悩んでいる人の気持ちを理解できるように、ヨガもはじめましたし、アーユルヴェーダも習っています。あらためて大学院にも通って臨床心理士の資格もとりました」

「めっちゃ勉強熱心やないですか」

「ほほう、そら、ごっついなあ」

カナと星川は顔を見合わせて、日頃の麻実の努力に感嘆の声をあげた。

しかし、林哲オジイはふたたび半眼になって黙したままである。

楠木はうつむいて、アイスピックでかつかつと氷を割っている。

「このジンという酒はね」

林哲オジイがタンブラーを少し持ちあげた。

「オランダ生まれだが、ロンドンに入ってきて、人気に火がついたそうや。街なかにはべろんべろんに酔っ払った人間が溢《あふ》れかえり、喧嘩《けんか》もおこって殺人事件になるわ、アルコール依存症の人間もいっぱい生まれるわ、そりゃあ大変なことになったそうや」

「ジンって、なんだか影のあるお酒なんですね……」

「そうさ。ジンに限らず、酒には光と影があるさ。薬にもなり、毒にもなる」

「ジンもトニックウォーターも感染症が関係してるんですものね。わたしもインドに一度行ったことがあるんですけど、どうしてもあの不潔さが耐えられなかったです」

そう言って、麻実がジン・トニックをひとくち飲む。

すると、カウンターの左奥から星川凜太郎が、口をはさんできた。

「インドは合う人と合えへん人と、はっきりわかれるって言うもんなあ。ぼくは何食べても、まったくお腹《なか》壊さんかったし、快適やったなあ」

「凜太郎さんは雑やから、どこ行っても大丈夫やわ」

カナが笑いながら突っ込んだ。

「ヨガとかアーユルヴェーダとかやってんのに、インド、あかんかったんやね」

と星川はジンのオン・ザ・ロックを置いて、麻実に訊いた。

「バラナシにも行ったんですけど、あの街自体が消毒液の匂《にお》いがしてるし、わざわざ死ぬのを待ってる人たちもたくさんいるし、ガートでは人が焼かれてるし……すべてがおぞましくて、吐き気が込みあげてきたの。もう、ここにはいられないと思って、早々に別の街に移りました」

へえー、そんなもんかいな、と星川がぼそっと言う。

「ぼく、ガートに行ったら焼き鳥屋を思い出してしもた。こう言うたら何やけど、タンパク質の焦げるあの匂いがなんともいえず美味《うま》そうで……」

「えっ」

麻実が露骨に不快な表情を見せたが、星川はかまわず続けた。

「『あそこで人が焼かれてる……』とは思うんやけど、雲一つない青空の下、明るい光がきらきらしてて、人がぎょうさんおって、まさに日曜のバーベキューみたいな気分やねん。そんなとこにおると、なんか自分の感覚がわからんようになってきてん」

林哲オジイはジン・トニックを飲んでうなずいている。

星川はつづけた。

「で、ガートの近くにラッシー屋があったんよ。そこはバングラッシーって大麻入りのラッシーを売ってるねん。緑色のボールみたいにした大麻の葉っぱを、グラスに入れたラッシーに混ぜて、はい、って手渡してくれるんやけど、これがライトグリーンのきれいな色をしてて、またおいしいねん。カウンターの隣では制服警官ふたりがフツーにバングラッシー飲んどって、めっちゃ笑《わろ》たわ」

林哲オジイもカナも楠木も釣られて笑ったが、麻実は顔をしかめている。

「飲んで十五分くらい経《た》った頃やろか、何かええ気分になってきた。ハイってやつや。そのときびっくりしたんは、音には色がついてるってわかったことや。ウォークマンでステイービー・ワンダーを聞いてたら、ベースの音が緑色に見えたんよ。そんなん初めての経験や」

「ようくわかるさ。ぼくは、いつも音とか人に色がついて見えるさね」

林哲オジイがさらりと言う。

星川は我が意を得たりと再び話しはじめた。

「そうそう、それに、そのとき林哲さんみたいにカラスとしゃべることもできたんよ。カラスは『おれは光の子どもなんや』て言うてたわ。『あんまり光が強すぎるから、きみらには黒い色にしか見えへんねん』て」

「カラス、関西弁やったん？」

カナが笑いながら突っ込むと、

「そやねん。バラナシなまりの関西弁やったな」

うれしそうにこたえた。

「ぼくも行ったことがあるよ」

林哲オジイがなつかしそうな顔をした。

「ガンジス川があんまり透きとおってきれいだったから、向こう岸まで泳いで渡ったわけさ。それから二、三日の間、腹を下したけどよ。やしが《でも》、川の真ん中から見たガートは美しかった。向こう岸は誰もおらん草ぼうぼうの荒野でよ、いかにも彼岸《ひがん》やった。忘れられん風光《ふうこう》さね」

「死体も浮かんでるあんな川に、よく、入りましたね」

麻実はあきれた顔をして、おもわず身体をひいた。

「ヒンドゥーの人はあそこで沐浴《もくよく》しとるからよ。郷に入《い》っては郷に従えじゃ。なんでも食べたり飲んだりせんとわからん。触《さわ》ってみんとわからん。岸から見てるだけじゃ、川はわからん。向こう岸のことはもっとわからんさぁ」

「インドの人って、数字のゼロを発見したり、仏教を生んだり、根源的なことを考える力があって、頭がとっても良いのに、どうしてあんなふうに衛生観念がないのかしら？　それに、あんなにたくさん人がいるんだから、もっと合理的に考えるようになれば、経済的にもずっと豊かになれるのに……」

「あんたは、インドのこと、どれほど知ってるのかい？」

オジイがぼそっと言う。

「でも、そんなの、頭で考えれば、すぐわかるようなことじゃないですか」

麻実はムッとして、すこし気色《けしき》ばんだ。

「わたし、太ってしまったあのホストにも『しんどいときこそチャンスよ。頑張りなさい』ってちゃんと理路整然と励ましてあげたのに、結局、うちの薬局に来なくなってしまったわ」

「しんどいときは、しんどいままの方が、いい」

「でも、それじゃあ、怠惰《たいだ》になって何も学べません」

「ちからが入ると、泳げんさ」

スイミング・インストラクターのカナが、「たしかに、その通りやわ」とうなずいたのを横目で見て、麻実はさらにいらついたようだった。

「でも、限界状況にいるときこそ、頑張らなきゃダメでしょ。そこから早く抜け出そうと努力しないかぎり、きっと何も手に入らないわ」

「そうかねぇ……」

「わたし、インドのこと、いっぱい勉強しました。ヨガの精神もよくわかってるし、ラジニーシの本だって読みましたよ」

林哲オジイはジン・トニックを舐《な》めるようにして飲み、ひと呼吸おいた。

「あんたは勉強はできる。物もたくさん知ってるだろう。でも、ちょっと底が浅いんじゃないかね」

「底が、浅い？」

麻実は目をむいて、顎をあげた。

「なんでも、すぐ結論を出そうとする。1か0さ。困った人を助けたいという気持ちはわかる。やしが、その人は、ほんとにあんたに助けられたいと思っているのかね。優しさとお節介とは違うよ」

「えっ……」

麻実は虚《きよ》をつかれたような顔になった。

「……」

「人は、川のこちらとあちらの間で、たゆたうさ」

「だから、すぐに答えはでんよ。はにかみもあるからね」

「………」

「時間は川と同じや。まっすぐには流れんさ」

枯れた声でつぶやくように言った。

「そうやんなあ」星川が口を開いた。「まっすぐな道は交通事故も多いらしいもんなあ」

とげとげしくなった麻実のこころを少しでも和らげようと、笑顔をつくって言葉を継いだ。

「酒のまっすぐはええが、川のまっすぐは、あんまり面白うないさ。他人《ひと》を自分の思う方向にコントロールしようとすると、お互いつらくなるんじゃないのかね。つらそうな人が側《そば》におっても、ぼくには寄り添うことしかできんよ。川の流れに身をまかせるしかないさ」

そう言ってジン・トニックを飲み干すと、林哲オジイはふたたび半眼になった。

＊　＊　＊

「じゃ、そろそろカレー、いきますか？」

楠木が皿に無農薬の玄米を盛り、麻実のつくったカレーをかけ、それぞれの目の前にサーブした。

「お、匂いもええし、色も好みや。めっちゃ美味《うま》そうやんか」

大のカレー好きの星川が目を輝かせた。

「うわぁ。ほとんど固形物ないわぁ。わたしの好みーっ」

上原カナはひとくち食べて、うれしそうな顔を麻実に向けた。カレーはほとんど液状になるまで煮込まれている。

楠木はカウンターの中に立ったままカレーを頰張《ほおば》り、

「これはなかなかや。辛み、酸味、甘みがうまく調和してる。ほんのりした苦みもええ感じやん。コクがあるのに、さらっとしてる。まさにおとなのカレーやね」

そう言って、ジンのソーダ割りをぐいぐい飲んだ。

「すべての食材がちゃんぷるーされて、渾然《こんぜん》一体となってるさぁ」

と林哲オジイはスプーンを口に運び、「タマネギもセロリも人参もジャガイモも、肉はたぶんチキンだろうね、それもぜんぶ溶けてしもうておる。色がぜんぶ溶けて黒い色になるみたいさね」

誰よりも早く平らげて、ジン・トニックのお代わりを注文した。

麻実はみんなが口をつけるまで、自らのカレーには手を伸ばさなかった。はたしてどういうふうに評価されるのか、彼女なりにすごく気にしていたのだろう。

楠木はトニックウォーターを10オンスタンブラーに注ぎながら言う。

「素材のどれ一つとってみても、『おれが、おれが』と我《が》を張ってへん。得も言われぬ調和がある。そこに、また、スパイスがエエ感じのリズムをちゃちゃっと刻んでくれてる。一つの香りがほかの香りに聞き耳を立てて寄り添ってる。まさにシンフォニーやね。酒で言うたら、熟成されたブレンディッド・ウイスキーや」

「それ、ようわかります。利他的《りたてき》というか……そんな感じですよね？」

と星川が大きくうなずいた。

麻実はようやくスプーンを持つと、ちょっとホッとした様子でゆっくりカレーを口に運んだ。

その気配を察した林哲オジイは、新しいジン・トニックを飲み、

「あるときカラスが言うてくれたことがあったんだ」

と話しはじめた。

みんなは、黒い鳥の化身のようなオジイがいったい何を言うのかと聞き耳をたてる。

「やつはこう言いよった。

『あんたはおれの話がわからんでも、ちゃんと相づち打ちながら、話し終わるまでずーっと聞いてくれた。おれは、それが、うれしかった』とね。

そのときからさ。ぼくがカラスと仲良うなったのは」

「……たしかに、寄り添うというのは、そういうこと、かもしれませんね」

カウンターの向こうから、楠木が眩《まぶ》しそうな目をして訥々《とつとつ》と言った。

「カレーをことこと煮込んでいくのも、きっと同じことさ」

林哲オジイはキャメルに火を点《つ》けて、ゆったりとくゆらせた。

細かい雨滴をつけた楠木の背後の窓が、街の光を受けてきらきら輝いている。

星川はそちらに顎をしゃくった。

「雨は降るがままにせよ、か」

「やまない雨はない。『恵みの雨』ととらえるか、『災い』ととらえるか。酒も薬もセックスもこのナイフも……たいせつなものは、みんな断崖《だんがい》みたいなもんやね」

ペティナイフで氷を削りながら、楠木が自分に言い聞かせるようにつぶやいた。

「……わたし、焦らないことですね」

麻実がたずねた。

「ああ。焦ると沈んでしまう。断崖から転がり落ちてしまうさ。そうだ、マスター。ディランの『ブラック・クロウ・ブルース』、かけてもらえるかい?」

林哲オジイのキャメルの紫煙が、バー堂島の中を川霧のように流れていった。

本書は、書き下ろし作品です。
物語はフィクションであり、
実在の人物・団体等とは一切関係ありません。
プロデュース　吉村有美子

Haruki Bunko
ハルキ文庫

よ 9-5

たそがれ御堂筋《みどうすじ》 バー堂島《どうじま》❷

著者 吉村喜彦《よしむらのぶひこ》

2020年10月18日第一刷発行

発行者 角川春樹

発行所 株式会社角川春樹事務所
〒102-0074 東京都千代田区九段南2-1-30 イタリア文化会館

電話 03(3263)5247(編集)
03(3263)5881(営業)

印刷・製本 中央精版印刷株式会社

フォーマット・デザイン 芦澤泰偉
表紙イラストレーション 門坂 流

ISBN978-4-7584-4369-2 C0193 ©2020 Yoshimura Nobuhiko Printed in Japan
http://www.kadokawaharuki.co.jp/[営業]
fanmail@kadokawaharuki.co.jp[編集] ご意見・ご感想をお寄せください。